犬だったボクがご主人様に愛されるまで

Yuki Itou
いとう由貴

CHOCOLAT BUNKO

ILLUSTRATION れの子

CONTENTS

§序章

少年は自室で飼い犬を抱きしめ、小さく身を縮めていた。

「なに勝手に仕事を辞めてんのよ！　あの子のお金で事業を始めるって、どういうこと⁉」

「別にいいだろう。おまえみたいに浪費するんじゃなく、何倍にも増やしてやるんだからな！　その時計も指輪も、また勝手に買ってきやがって。おまえこそ、息子の金を贅沢《ぜいたく》に使っているだろうが」

「これは必要経費よ！　人気子役の母親がみすぼらしい格好をしているわけにはいかないじゃないの。舐められて、安く使われたらどうするの！」

「なに言ってるんだ。あの子ももう十一歳だ。母親が付き添いをしなくても、マネージャーがついていれば充分じゃないか。それに、俺が知らないとでも思ったのか？　おまえがどこのテレビ局のディレクターと、なにをしているか」

「なっ……！　あたしがなにしたって言うのよ」

「おまえたちが仲良くホテルの部屋から出てきたこと、俺は知っているんだぞ！」

「な、なに勘違いしているのよ！」

母親の金切り声、父親の怒声が、切れ切れに聞こえてくる。少年は小犬を膝に抱いたまま、耳をギュッと手で塞いだ。

なにも聞こえない。いやな話は聞かない。

小犬がクウンと鼻を鳴らして、慰めたいのか、少年の頬をそっと舐める。少年は目を開け、縋《すが》るように小犬を見下ろした。可愛らしい、小型の柴犬だ。基本茶色の体毛だが、足は靴下を履いたように白く、耳の先も少しだけ白い。

もう六年飼っている犬だ。拾った頃も小犬だったが、六年経ってもまだ小犬のまま、成長しない。たぶん豆柴という種類の犬なのだろう。それにしても小さかったが。

それ以外にも小犬には目立った特徴があった。それは目だ。たいてい犬と言えば黒か茶色で、それ以外の色——たとえば青とかグレイだとか——だとしても淡いものが多いのだが、少年の小犬は鮮やかな翡翠《ひすい》の色の瞳をしていた。少年はその瞳をとても綺麗だと思うのだが、ほとんどの人間は綺麗すぎて不気味だと感じるようだった。犬というより、他の得体のしれない生き物のようだ、と。

それは両親も同じで、少年が小犬を拾ってきた当初から、捨ててこいと言ってやまなかった。それを少年が庇《かば》い通して、今まで飼ってきたのだ。一心に少年を慕う小犬は、彼にとって唯一の家族で、友達となっていたから。

いや、ほんの二年前までは、両親だってちゃんと家族だったのだ。学校でも仲の良い友達がいた。

けれど、ふとしたことから母親が友人伝で少年を児童劇団に入れてみないかと誘われ、そこからレッスン、さらにはオーディションに合格したことで、少年の周囲は変わった。出演したドラマがヒットし、少年も一躍《いちやく》人気子役となり、テレビや映画への出演が相次《あいつ》いだのだ。最初こそ少年の『普通の生活』に気を配っていた母親も、気がつけば周囲と同じように熱狂するようになっていた。学校も休みがちになるほど仕事を入れられ、友達にもいつしか壁を作られ、周りはおべっかを使う大人ばかり。芸能界に夢中になる母親に父親が苛立《いらだ》ち、そのうち少年の収入で争うようにもなった。今は二人とも、どちらが少年の稼いだ金をより多く自分のものにするかで、喧嘩ばかりしている。

変わらないのは、まだ少年がほんの幼児の頃から飼っている小犬だけだ。皆が不気味だと言った小犬だけが、激変する環境の中で唯一変わらず愛情を感じさせてくれる存在だった。

「……おまえだけは、どんな僕でも好きでいてくれるよね？」

「クゥン」

ペロペロと、小犬が少年の顔を舐める。大好きだよと、つぶらな目が、ピヨピヨと振れる尻尾《しっぽ》が言っていた。

「散歩に行こうか」

少年も、唯一の友達を喜ばせたくて、小犬が大好きなことに誘う。

しかし、なぜか小犬がどこか躊躇《ためら》うような仕草《しぐさ》を見せる。どうしたのだろうか。

不思議に思いながらも少年は、再度小犬を散歩に誘った。

「行きたくないの？　大好きだろう？」

「……ワフ！」

どこかさびしさを滲ませた少年の言葉に、小犬は少し間を空けて、元気よく吠《ほ》えた。やはり散歩が嬉しいのか、小犬の耳はピンと立っていた。

少年も嬉しくなって、両親の罵《のの》り合いから逃れるように、そっと家から出た。小犬のリードを握り、元気よく道に飛び出す。小走りに駆ける散歩に、小犬も楽しそうだった。

しかし、その喜びがシュンと萎《しぼ》む。ちょうど塾《じゅく》かお稽古《けいこ》事《ごと》かに向かう様子の友達と行き合ったからだ。

少年と仲良くしていたはずの友達は、表情を歪《ゆが》める。

「芸能人が犬の散歩かよ。学校には来れなくても、犬の散歩はできるんだ。いいよな、芸能人は。学校をさぼっても文句言われないんだからさ」

「さぼったわけじゃ……。午前中は仕事があったから」

早朝から昼近くまでドラマの撮影があったのは本当だ。そのあとは母親の用事があるからとカフェで待たされ、帰宅したのはついさっきであった。

少年がなんとか説明するのに、友達は興味なさそうに「ふうん」と吐き捨てる。そうしながら、いかにも親しげに肩に触れてきた。

「それよりさ、セイラちゃんのサインはどうなったんだよ。おまえの取り柄はそれくらいなんだから、早くもらってこいよ。そうしたら、また仲良くするように、みんなにも言ってやるからさ」

「セイラちゃんは……一緒に仕事する機会なんて、そうないって……前に言ったじゃ……」

小学生モデルのセイラと子役の少年では、仕事内容が重ならない。サインをもらうもなにも、知り合う機会がないと説明したのに、と少年は唇を噛みしめる。

ドン、と強く肩を突き飛ばされた。

「役立たず。ホント、使えないな。それとも、人気子役様は一般人の頼みなんてきけないってことか。ちょっと人気があるからって、いい気になってさ」

「そんなこと……！」

少年は反論しようとするが、相手はプイと顔を背けて去っていってしまう。

「違うのに……」

いい気になってなどいない。子役で人気者になりたいなんて、考えてもいなかった。

ただ母親に勧められるままに児童劇団に入って、オーディションを受けて。

それがこんなことになるなど、少年は思ってもみなかった。

こうなるまで、世界は少年にとってやさしいものだった。友達と喧嘩したり、両親に叱《しか》られたりすることはあっても、こんなふうに心底から拒まれたりするようなことはなかった。両親も、まるで人が変わったように刺々《とげとげ》しくなった。あるいは、気味が悪いくらい甘ったるくなったり。

子役になど、ならなければよかった。そうしたら、友達も両親もあんな豹変《ひょうへん》することはなかったのに。

立ち尽くす少年に、飼い犬がキュンキュンと鳴いた。「どうしたの？　大丈夫？」とでも言いたげな、少年を心配するような鳴き声だった。

「本当に、おまえだけだよな……」

少年の立場がどう変わろうが、常に同じように愛情を向けてくれるのは、小犬だけだった。犬には人間のように、立場だとか、お金だとかは関係ないのだろう。

それが、今の少年には救いだった。小犬だけは心変わりしないと信じられる。少年が小犬を好きでいる限り、小犬のほうから愛想を尽かすことはない。

少年はしゃがみ、小犬を撫《な》でた。

「おまえがどんな種類の犬でも、どんな目の色をしていても、僕はずっとおまえが好きだよ。ずっとずっと、守るからね」

「ワフ！」

まるで言葉がわかったかのように、小犬が嬉しげに吠える。またペロペロと、少年を舐めた。

「へへ、じゃあ散歩の続きをしようか」

「ワフ!」

立ち上がり、少年は再び小犬と共に歩き始めた。そこに——。


キキーッ、とブレーキ音が響いた。


携帯端末を手に、呆然と少年たちを見つめている運転手が、なぜかスローモーションのようにゆっくりと見えた。

少年は咄嗟《とっさ》に、小犬を車の進路から放り投げる。いつも変わらぬ愛情を向けてくれる小犬には、怪我《けが》をしてほしくなかったからだ。

だが、その代わりに少年は逃げ遅れる。

「キャウン……ッ‼」

悲鳴のような小犬の声が、少年の耳朶《じだ》を打つ。車に跳ね飛ばされ、地面に落ちた少年に、小犬が駆け寄った。キャウキャウ言いながら、懸命に少年の頬を舐める。

頭がぼんやりとした。不思議と痛みは感じられず、だから、なんとなくダメなのかもしれないと思った。身体から意識が、離れていくような感覚があった。

けれど、小犬は無事だ。少年にとって唯一の友達、家族は助かった。それがとても、少年には嬉しかった。

「マル……よかった……」

擦れた囁きに、小犬の濃い翠の瞳から、涙がポロポロと零れる。

犬が泣くということは、あるのだろうか。

そんなことをふと思ったが、それだけ小犬が少年のことを想ってくれている証《あかし》だと、死にゆく少年には感じられた。小犬はそれほど、少年を好きでいてくれたのだ。

少年も小犬が大好きだ。願わくば、少年がいなくなったあとも、小犬が幸せに生きられたらいいのだが……。

それを最後に、少年の意識は暗転した。命の灯火《ともしび》が消えたのだ。

小犬が憐《あわ》れな鳴き声を上げる。大好きな主人を失った、哀悼《あいとう》の鳴き声だった。

と、小犬の視線が上がる。

「ワフ！」

小犬が吠えた。次の瞬間、飛び上がる。

「……えっ⁉」

子供を轢《ひ》いたことに動転し、慌てて一一九番に電話をしていた運転手が、ポカンと口を開けた。飛び上がった犬が、中空に消えたのだ。

「え……え？　どういうこと……」

答える相手はどこにもいなかった。

そのうちに、衝突音を聞いた野次馬《やじうま》があちこちからやって来る。運転手は泡を食って、自分が見たことを説明したのだが、信じる人間は誰もいなかった。

数時間後。人気子役の松下翔《まつしたしょう》死亡のニュースが日本中を駆け巡った。

§第一章

「……ぅ………」

小さな声が、倒れている少年から洩《も》れた。十五、六歳ほどに見える少年だ。茶色味の強いオレンジの髪に先っぽだけ白くなっている小さな獣の耳と、尻には尻尾が生えている。

「う……ぅ……」

少年の目が開いた。翡翠のような綺麗な色を、それはしていた。

「ここ……どこ……」

口にして、首を傾げる。自分が今発した言葉が信じられず少年は恐る恐る、口元に手で触れる。そうしてその手に、ハッとして目を見開いた。

「手……」

マジマジと、両手を見つめる。それから頼りなげに、周囲を見回した。

「ご主人、様……どこ……」

少年——マルは立ち上がろうとして、こけた。マルには二本足で立ち上がるのは難しかった。なぜならマルは、それまで四本足でしか立ったことがなかったから。

マルが生まれたのは、今から十と六年前。賢い母犬の一人子として、生まれた。

余所《よそ》で見かける犬は「お腹が減った」とか「楽しい」とか「走りたい」とか「大好き」とか、簡単なことしか話せなかったが、マルと母犬はもっと長い話ができたから、他の犬とはちょっと違っていた。

他にも違いがあって、例えば人間と同じくらい生きられるとか、だから成長がゆっくりなのだとか、そういったことをマルは母犬に教えられて育った。

けれど、マルが母犬と一緒にいられたのは、七歳になる時まで。病気になって、死んでしまったのだ。

それからマルは、翔少年に拾われる十歳の時まで、一人で生きていた。時々、マルを拾ってくれる人はいたのだが、マルの濃い翠の目を気味悪がって飼うのをやめることが多く、長く飼ってくれる人はいなかった。

翔に拾われた時も、きっとそのうちまた捨てられるのだろうな、とマルは思っていた。ただ、お腹が随分空いていたから、しばらく餌をもらうために、拾われてみたのだ。

でも、翔は違った。今までの人間のように、マルの犬らしくないところを気味悪く思わないで、それどころか自分のお父さん、お母さんから守ってくれた。

これはとても、とてもすごいことだ。マルの母犬も、自分たちのような犬は人間に不気味に思われるのだと言っていたから、翔の態度には、マルはとても驚いた。そうしてとても、好きになった。母犬から、自分たちにはチュウセイを捧げられるご主人様が必要なのだと聞いていたけれど、きっとそれが翔なのではないか、と思った。

だから、マルは一生懸命に翔――ご主人様の役に立つ犬になろうとしたのだが、犬の身では言葉も通じず、マルがどれだけたくさんのことを考えているのか、ご主人様に伝える術はなかった。全身で、ご主人様を大好きだと示すしかできなかった。

それなのに、最後にはご主人様を守るどころか、逆に守られ、ご主人様を死なせることになるとは……。

思い出すだけで、マルの胸は苦しくなる。ご主人様が死んで、自分だけが生きているのが信じられない。

だが、まだ挽回《ばんかい》できる。そのチャンスを、マルは与えられていた。

ジゲンノハザマ、と母犬は言っていた。死に別れた時、マルはまだ小さかったけれど、死に際に母犬が一生懸命マルに教えてくれた。母とマルは、この世界の犬とは違うのだ、と。違いは、母犬のお父さんからきているのだ、と。

『聞いて。わたしたちには、帰る世界があるの。そこでは、わたしたちのように人間と同じように生きて、同じように考えられる犬がいて、こんなふうに地べたを這いずり回ることなく生きているのよ』

母犬は言った。夢見るような目をしていた。ヒトと同じように生きて——。

マルにはよくわからなかった。そういう犬を『アジン』と言うらしいのだけれど、七歳のマルにはどういうことかチンプンカンプンだった。今もそうだ。

けれどとにかく、マルの母の父は別の世界から来て、そこでは人間と同じように暮らしていたということを教えられた。祖父犬は『ジゲンノハザマ』に呑み込まれて、この世界に来た、らしい。

そういう話を、マルは一人で暮らすうちに、あるいはご主人様と幸せに暮らすうちに、忘れていったけれど、ご主人様の死の瞬間、空間がパックリ割れたのを目にして、思い出したのだ。

——あれがジゲンノハザマだ！

本能的に、そうわかった。それから、ご主人様の身体から、なにかキラキラしたものが吸い出され、そこに呑み込まれていくのを見た。

それは、見ていると温かくて、ご主人様の笑顔のようなドキドキがあって、咄嗟にマルはそのキラキラを追いかけた。

何年か前、ご主人様と一緒にテレビを見ている時、ヒトにはタマシイという大切なものがあるということを知ったけれど、そのタマシイというのはあのキラキラなのではないかと思った。

それでそのキラキラを追いかけて、ジゲンノハザマに飛び込んで、そうしてマルはどうなったのだろうか。

マルはペタンと地面に座り込んだまま、不安でいっぱいな気持ちで周囲を見回した。

ジゲンノハザマに飛び込むまで、マルがいたのは家がたくさんあって、地面は硬いアスファルトで覆われていた場所だったのだが、今は剥き出しの土の上だ。それから、家がなくて、木がいっぱい生えている。

それに寒い。自分の身体を見下ろして、マルの眉がへニャリと下がった。

「毛が……ない……」

犬だった時には全身を温かな毛で覆われていたのだが、ヒトのような身体になった今、真っ白い肌が剥き出しで守ってくれる毛がまったくない。それで寒くて、頼りなくて、怖かった。

「ヒト……と同じ……身体……どうし、て……」

これもよくわからない。マルは犬ではなかったのか。毛があるのは、今や人間と同じように頭だけだ。それから股の間に少し。頭の毛は股よりももっとたっぷりあって、垂れた毛が肩に少しかかっていた。色は茶色っぽいオレンジだ。

それから、と考えて、尻にむずむずする感触を覚えた。

「あ……尻尾、ある！」

フヨフヨと動かせるのがわかって、マルはホッとする。知っているものがあるというのは、やっぱり嬉しいものだ。マルは少し元気が出た。

それにしても、ご主人様のキラキラはどこに行ってしまったのだろう。たしか、一緒にジゲンノハザマに呑み込まれたはずなのだが、どうなってしまったのだろうか。

「ご主人様のキラキラ……捜さなくちゃ」

マルはもう一度、なんとか立ち上がろうとした。だが、二本の足で立ち上がるのは、どうも難しい。感覚が違うのだ。

よろめいて、何度か転んで、とうとうマルはヒトのように歩くことを諦めた。慣れた四つ足で歩こう。

「……う?」

しかし、それもおかしなことになる。前足——今は足ではなく、手なのだが——と後ろ足の長さが違うのだ。犬だったら、ちゃんと四つ足で歩けるように長さが揃っているのに、人間の足は長くて、腕は短い。それで四つ足になろうとすると、尻がうんと高くなって、膝を曲げないと上手くいかない。

「歩き……にくい……な」

犬だった時のように、早く走れない。

マルはもう、情けなくて泣きそうだった。早くご主人様のキラキラを捜さなくてはいけないのに、これではちっとも素早く動けない。タマシイだけの存在になってしまったご主人様はどうなってしまうのか。そのことが心配で心配でならなかった。

散歩に誘われた時にした嫌な予感を、ちゃんと気にしていればよかったと、マルは後悔した。なんだか嫌な感じがして、それでいつもだったら散歩に行くのが嬉しくてたまらないのに、ちょっと躊躇《ちゅうちょ》してしまったのだ。あの予感を大事にすればよかった。そうすれば、マルなどを庇ってご主人様が死ぬこともなかったのに。

目に涙が浮かんだが、マルはそれをグイと拭う。泣いている場合ではない。ご主人様を守るのがマルの務めだ。なんとかしてご主人様を見つけなくては。

マルはままならない四つ足で、木々の中を歩き始めた。

「ご主人様……どこ……」

地面の匂いを懸命に嗅ぎ、ご主人様の気配の一端でも感じ取れないかと、五感のすべてを研ぎ澄ます。しかし、わかるのは湿った土の匂いとそよぐ風からの木々の匂い、時々聞こえる遠くからの鳥の声、小さな生き物が動く気配。

耳がピクピクと動いて、マルはその感覚のある部分に手で触れた。頭の上に、犬の時と同じ耳がある。

「耳、は……おんなじ……」

尻尾と耳は犬で、その他は人間。自分がどうなってしまったのか、不安が込み上げる。

『こんなふうに地べたを這いずり回ることなく生きているのよ』

母犬が言っていた『地べたを這いずり回らない』とは、こうやって人間のような身体になるということだろうか。マルの母の父——祖父犬は、ジゲンノハザマの向こうでこんなふうな身体で生きていたのだろうか。四つ足の犬ではなく？

わからない。マルはプルプルと頭《かぶり》を振った。今はもう母犬も祖父犬も共に死んでいる。マルに答えを教えてくれる存在はなかった。

「ア……ジン……」

半分ヒトで半分犬であることをそう呼ぶのだろうか。

いや、自分のことよりも、まずはご主人様のキラキラを捜すのが先だ。不安を押し殺すようにそう自分の使命を確認し、マルは再び地面の匂いをクンクンと嗅いだ。

「……くしゅん、っ」

と、くしゃみが出た。裸の身体が寒かった。マルは小さく身を縮めた。鼻水が垂れてくる。それを啜《すす》りながら、マルは周囲を見回した。ご主人様の魂《たましい》は近くにいないだろうか。あの青白い光が見えないだろうか。

ふと、大きな獣の気配がした。マルはビクリと動きを止める。

耳を澄ますと、それは複数の気配だとわかった。

「獣の群れ……？」

しかし、妙な金属音も混ざっている。小さな、擦れるような音だ。なんの音だろう。

とりあえず、隠れたほうがいい。マルは周囲を見回し、倒れた木の虚《うろ》に隠れようと、四つん這いになっている身体の向きを変えた。

「あっ……！」

目に入っていなかった木の根っこに、地面に着いた手が引っかかり、つんのめる。

その声が森に響いたのだろう。近づいてくる獣の群れから、「しっ」という声が聞こえてくる。まるで、人間の声のようだ。

――人と獣が一緒にいる……ってこと？

マルの知る知識では、人と動物の群れが一緒にいるのは、テレビで見た『牧場』のような場所になる。『牧場』はもっと開けた場所だった。

マルが暮らしたのは基本的に街中で、田舎にはあまり行ったことがない。野良で暮らすにしても、町中のほうが残飯を探しやすいのだ。

だから、森の中にいる獣の群れと人間がどういう意味を持つのか、わからない。ただ生き物の本能として、隠れたいと思った。

急いで、木の虚へと四つ足で這う。様子を窺えるように、お尻から中に入った。

ゆっくりと、獣の群れと人が近づいてきた。

虚の中から盗み見ていたマルは、思わず息を呑む。

——なんだ、あれ……。

なんと言ったらいいだろう。マルが見たことのない生き物だ。四つ足で、身体が長い。そうだ。どこかで似たものを見た気がする。あれは……。

顔をしかめたマルは、しばらくして思い出す。

——恐竜だ。ご主人様が時々楽しそうに見ていた。

ご主人様は恐竜が大好きで、ポスターや模型を部屋に飾っていた。その中の首が長くて、尻尾も長い、「こいつは草食恐竜なんだよ」とマルに教えてくれたものに似ている。

馬の二倍くらいのサイズの恐竜の上に人間が乗っていた。

不思議なのは、それだけの大きさなのに、踏み出した足から地響きが聞こえないことだ。重そうに見えるのに、足音は羽根のように軽い。

その長い首が、いきなりマルのいる虚の中を覗き込んでくる。

「……わっ！」

思わず、マルは声を上げてしまった。

「×××××！」

恐竜に乗った男の一人がなにか言う。逃げなくては！

マルは反射的に、虚の奥へと駆け出そうとした。しかし、今のマルは小犬ではなく、人間だ。それも十五、六歳ほどの少年の身体だった。虚の中で身体をぶつけ、呻く。その髪を、恐竜に咥《くわ》えられた。

「わ、っ……うわぁ、っ……っ！」

引きずり出され、マルはポンと空中に放り投げられる。

その身体を抱き止めたのは、恐竜に乗った男たちの一人だった。

「×××、××××××」

男がなにか言い、訊ねるようにマルの顔を覗き込む。しかし、なにを言っているのか、マルにはわからない。男の言葉は、マルの知る言葉とは違っていた。

「わ、わか……らない……」

頼りなく答え、それからハッと気づく。とりあえず殺されないために、敵意がないことを示さなくてはいけない。

マルは犬だった時と同じように腹を見せようと、両手を広げて、男に腹を示した。本当はひっくり返るべきなのだが、男に抱き上げられた状態では無理だ。

男は首を傾げた。マルを抱き上げた男以外にも四人、恐竜に乗った男たちはいて、彼らもマルのする行動の意味がわからないのか、首を傾げたり、横に振ったりしている。

さらにマルになにか話しかけたが、今度はマルがわからないと首を横に振った。

結局、意志の疎通《そつう》を男たちは諦めたらしい。マルを抱き上げた男がため息をつき、恐竜になにか話しかけた。それに恐竜が大きな鳴き声を返し、男が肩を竦める。

「××××××、××××、×××」

彼が集団のリーダーなのだろうか。仲間になにか言い、マルをマントで包んでくれた。粗い生地のマントは肌にチクチクしたが、冷え切ったマルの身体にはありがたかった。

――どうしよう……。

もっと森の中を探索したかったが、マルの不慣れな人間の身体で男たちに逆らうのは難しかった。

――またあとで、ここに戻るしかないかな……。

考えてみれば、服も欲しい。犬のままならそんなものは不要だが、人間になってしまった今は身体を守る衣服が必要だった。それから、靴も。

――人間って大変……。

犬であったら、もっと素早く逃げられたし、すぐにもご主人様の魂を捜しに取りかかれたのだが、この姿ではいろいろと準備が必要になる。

それに、とマルは閉じそうになる目蓋をパシパシと瞬《しばた》いた。

この身体は、犬だった時よりもだいぶ弱いらしい。マントに包まれて温かくなってきたと思ったら、今度は眠くなってきた。全身が怠《だる》く、意識に霞《かすみ》がかかってくる。

「う……ぅ……眠くなんか……ない」

「×××？　×××××××、×××」

グシグシと目を擦るマルに、男が苦笑交じりに話しかけてくる。眠ってもいいというように、頭を撫でられた。そうされると、ますます眠りに抗えなくなる。

「眠くないったら……眠く……な、い……」

マルは睡魔《すいま》に引き込まれる。次元の狭間に飛び込み、界を渡った衝撃、その後の身体の変化、毛皮のない身の不便さ、そういったものに疲れ切ったマルは、深い眠りに沈むのだった。

控えめなノックが聞こえる。幾つかの決裁書に羽根ペンで署名をしていたレシト・フォセ・ラ・ヴィクセル辺境伯は、入室の許しを与えた。ダークブルーの髪に落ち着いた灰色の瞳をした痩身《そうしん》の男が入ってくる。執事のアザールだ。

「伯爵様、深魔《しんま》の森からライエル騎士の小隊が戻ってまいりました。少年を連れており、前庭に待機しております」

「少年？　そうか。行こう」

レシトは立ち上がり、大きな足取りで執務室から出ていく。プラチナブロンドに紫水晶の瞳をした、一見いかにも優美な貴公子然とした青年だ。辺地を治める領主というより、王都の宮廷で華やかな貴族生活を謳歌《おうか》している、といったほうが似合う容貌だ。

しかし、よく見るとその手には剣だこがしっかりとあり、体躯も鍛《きた》えられていることがわかる。すでに一度、二年前に深魔の森からの獣魔の氾濫《はんらん》を食い止めており、その点でも王都の軟弱《なんじゃく》な貴族たちとは一線を画していた。

深魔の森からの獣魔の氾濫は、五年から六年に一度の頻度《ひんど》で起きており、それを辺境伯領で食い止めなければ、王国――メッセル王国の多くの民が獣魔による蹂躙《じゅうりん》を受けるだろう。ヴィクセル辺境伯領は、獣魔による氾濫を防ぐ、王国第一の盾であった。

ただし、その瞳は昏《くら》い。二十一歳という年齢を考えれば、もっと溌剌《はつらつ》としていてもおかしくはないというのに、冷え冷えと、なにもかもに飽きたような色が、瞳には滲んでいた。

執務室のある二階から一階に下り、長い回廊を大手門側へと歩み、前庭へ至る。すでに地竜から降りた竜騎士たちが、レシトを待っていた。小隊をまとめる騎士ライエルを中心とした騎士たちが、座り込んだ少年を取り巻いている。

レシトはわずかに目を眇《すが》め、少年を見た。髪から飛び出た耳を見る限り、狼か犬系の亜《あ》人《じん》だ。まさか、こんな少年が一人で深魔の森にいたというのだろうか。

レシトの視線に気づいたライエルが、問うように片眉を上げる。少年はただの拾い子ではないらしい。ということは、つまり――。

ライエル以外の竜騎士たちは、レシトの登場にさっと片膝をついた。

「揺らぎのあった場所にいたのか？」

前置きもなく、レシトはライエルを問いただした。余計な言辞は、レシトは好まない。なにごとも、無駄を省いて処理するのが、レシトの流儀だった。

それに慣れているライエルが軽く頷く。

「伯爵が言った揺らぎから、いくらも離れていないところにいた子ですよ。素っ裸で、言葉も通じない。この子が、今度の魔素の揺らぎの落し物ということですかね」

金交じりのブラウンの髪に、いつでも楽しげな黄色がかったグレイの瞳をしたライエルは、言葉こそ少々崩れているが、別にレシトを侮っているわけではない。レシトにつき従っているアザールは渋《しぶ》い顔をしているが、見せかけの忠誠よりも中身の本心のほうが、レシトには大事だ。ライエルの心は、レシトに膝を折っている。それで充分だった。

「ふむ……言葉が通じない、か」

顎《あご》に指を当て、レシトはじっと少年を見つめた。普通の人間には見えない陽炎のような魔素が、レシトの目に映る。

魔素とは、魔法学者たちによれば、魔法の行使に必要不可欠なもの、と言われている。たしかに、レシトのような見える目を持つ者たちには、魔法の行使が可能な生き物からは、その属性に応じた色合いの魔素が見える。火(赤)、水(青)、風(緑)、土(茶)、光(白)、闇(黒)のうちのいずれか、あるいはその中の複数の色を、生き物は纏っている。

火と風の属性を持つライエルなどは、赤と緑の魔素が気まぐれに揺蕩《たゆた》っているし、水と光、風の属性を持つアザールは青、白、緑の魔素を纏わせている。

しかし、少年はそれらとは違う見たこともない色の魔素が、なにかの残滓《ざんし》のように身体のあちこちに残っていた。煌めく紫――。

それは、魔素の揺らぎが発生した場所に多く見られると言われる、謎の属性の色だった。

レシトはため息をついた。揺らぎのあった場所に、不思議なものが落ちている話は聞くが、人は初めてだ。

「……どうやら、今度の揺らぎの落し物は、その少年のようだ」

レシトの言葉に、ライエルが頷く。

「あー……ノリスの言う通りか」

ノリスは、ライエルの地竜だ。よく馴染んだ地竜と竜騎士は意思が通じると言うが、ライエルとノリスもそういう一対だった。

「ノリスが言ったのを疑っていたのか？」

地竜にも魔素を見る目があり、嘘はつかない。それを指摘したレシトに、ライエルはガシガシと頭を掻いた。

「いや、だって、人の落し物なんて聞いたことがないじゃないですか。素っ裸で、それもこんなに可愛い少年の落し物だなんて。可哀想に、どこから来たのか」

マントに包まったまま座り込んでいる少年の髪を、ライエルがよしよしと撫でる。それでも、少年はライエルを見ることなく、じっとレシトを見つめていた。

さっきからずっとそうだったのだろうか。

ふと気になり、レシトは少年の目を見つめ返した。年齢の割に頼りなげな少年の目は、綺麗な翡翠の色をしていた。髪は少しくすんだオレンジで、ライエルの言うとおり可愛らしい顔をしている。少年が口を開いた。

『ご主人、様……？』

「ん、なんだ？　ごめんな。俺たちには、おまえの言葉がわからないんだ。──そうだ。そのことも伯爵様にお願いしようと思っていたんだ。伯爵様、この子に言語魔法をかけてやってくれませんか？　言葉が通じないままじゃ不便でしょ……って、伯爵様？」

ライエルが訝しげに声をかけてくる。レシトはハッと、意識を戻した。

「そう、だな。揺らぎの魔素が消えたら、言語魔法をかけるとしよう。今はあまり、魔法をかけないほうがよい」

「ああ、揺らぎの魔素を纏っているんでしたっけ、落し物ってやつは。──じゃあ、坊主。魔素が消えたら、伯爵様に言葉が通じるようにしてもらいな。それまで、辛抱《しんぼう》しろよ」

ライエルがやや乱暴に、少年の頭を撫でる。少年は頭をグラグラさせながら、それでもレシトを見つめていた。そして、また喋る。

『ご主人様、こっちの身体に魂を入れてしまったの？　ボクがわかる？　マルだよ』

レシトは眉をひそめた。少年の言葉がレシトにはわかる。懐かしい言葉だった。少年の言う名前にも、心当たりはあった。

しかし、マル？　そんなわけがない。

「揺らぎの魔素がこの者に悪影響を与えていないか、調べる必要がある」

内心の動揺を押し隠し、レシトは少年に歩み寄った。

「伯爵様、危のうございます」

アザールが、不審な者をレシトに近づけまいと、制止してくる。

それを軽く遮り、レシトは少年の腕を引き、立ち上がらせた。

「いや、アザール。この魔素を間近で見たい」

そうして少年の顎を掴み、矯《た》めつ眇めつ様子を見るレシトに、アザールが諦めたように手を下ろした。

「揺らぎの魔素ばかりで、この者自身の魔素が見えぬな。ふむ……興味深い」

そう呟き、レシトは少年についてこいと顎で示した。

その行動に、アザールが再び異議を唱える。

「伯爵様！　この者がどういう者なのか、確認しなくては」

レシトは少年を包んでいたマントを剥ぎ、フンと鼻を鳴らす。

「こんな痩せっぽちになにができる。揺らぎの魔素を纏っている間は、術も使えぬ。確認するまでもなかろう。危険などない。それよりも、揺らぎが落とした初めての生き物。揺らぎの魔素が消える前に調べられるのは、魔素が見えるわたしだけだろう」

そう言うと、それ以上アザールに反論を許さず、ライエルたちに声をかける。

「ご苦労だった。今日はもう休んでいい」

これで話は終わりだと、レシトは踵《きびす》を返す。一刻も早く、この少年と二人になる必要があった。

二十一年も経って、今さらなにが起ころうとしているのか。

よろめきながらついてくる少年にわずかに足取りを弛めながら、レシトは館内に戻った。


マルは零れ落ちそうなほど目を大きく見開いて、前を行く青年をじっと見つめていた。時々転びそうになるが、懸命に足を動かす。マルの目に、青年は青白い燐光に覆われて見えていた。自分を庇って死んでしまったご主人様の魂の輝きだった。

ご主人様の魂は、今はこの青年に宿っている。

理屈ではない感覚で、マルにはそう思えてならなかった。

『ご主人様……』

呟いた声に、青年はまったく答えてはくれない。マルの話す言葉が、青年にはわからないのだろうか。ご主人様の魂を持っているのに。

『ご主人様、どうしてこの人の身体に入ってしまったの？　ボク、マルだよ。ご主人様のマルだよ』

青年は答えない。マルに視線を向けることなく城館に入り、二階へと上がっていった。

そうして、長い廊下の途中にある一室に入る。扉が閉まると同時に、長いため息をついた。

『――おまえは何者だ。なぜ、日本語が話せる』

耳に聞こえた言葉に、マルはパッと顔を輝かせた。マルと同じ言葉だ。

『ご主人様！　やっぱりマルのご主人様だ！　憶えているんだ！』

『黙れ。大きな声を出すな。おまえはどうやって、ここに来た。もう一度問う。何者だ』

冷えた、叱責《しっせき》するような口調だった。マルの耳が反射的に萎《しお》れる。

そうだった。こちらの世界に来て、自分の姿は大きく変わってしまっている。ご主人様のマルだと、すぐにはわかってもらえなくて当然だ。

『ボク、マルだよ。ご主人様がボクを庇って死んでしまった時、すぐ近くで、ジゲンノハザマが開いたんだ。ご主人様の魂はそこに吸い寄せられて……ボクは急いで追いかけた』

『次元の狭間……？　おまえはなにを言っているんだ』

青年は不可解そうに眉をひそめる。マルは懸命に説明した。

『穴が空中にぽっかり開いて、ご主人様の魂がヒューって行っちゃったから、ボクもご主人様の魂を追いかけて、そこに飛び込んだんだよ。そうしたら！　……そうしたら、ボク……人間になった。お母さんが昔、お父さんに聞いた話みたいに……。穴に落ちる前は、犬じゃなかったって、言ってたって……』

青年は険しい顔をしたまま、部屋の中央に鎮座しているソファにドサリと腰を下ろす。

マルは犬であった時と同じように、青年の足元に座り込んだ。小首を傾げて、青年を仰ぎ見る。

『――馬鹿馬鹿しい』

『ボクはマルだよ。信じて？』

キュン、と青年の膝に縋り、頬をすり寄せる。

『やめろ』

『……ご主人様』

拒絶されて、マルは落ち込んだが、いじましく額だけ、青年の膝に擦りつける。見かけこそ変わってしまったが、ご主人様の魂を持つ青年から離れたくなかった。

スンと鼻を鳴らすと、懐かしい匂いがした。ご主人様の匂いだった。見かけは変わっても、やはりご主人様なのだ。マルは嬉しくなって、尻尾が揺れた。

『ちっ……やめろ！』

『……あっ』

乱暴に押しのけられ、マルは床の上を転がった。マルはそれでも、一心に青年を見つめる。どれだけ邪険《じゃけん》にされても、ご主人様はご主人様だ。マルを可愛がり、マルを助けてくれたご主人様に、マルはチュウセイを誓ったのだ。

やがて、青年がため息をつく。

『おまえの言っていることは、訳がわからん。わたしには確かに、松下翔としての記憶はあるが、マルは犬だ。亜人ではない』

『でも！　ボクが本当に、マルなんだよ……』

マルは、どう言えば青年が話を信じてくれるのか、困惑した。今まで生きていて、こんなに複雑な話をしたのは、母親が生きていた時以来だ。その時だって、これほど難しい問題を話したことはなかった。

言葉は通じるようになったが、会話は難しい。マルは嘘をついていない。しかし、それをどう信じてもらえばいいのかわからない。耳も尻尾も、再びシュンと垂れていた。目の前の青年は、日本人の少年だった頃と比べると遥かに気難しそうな顔をしている。

それとも、とマルはハッと胸を痛くした。

『もしかして……ボクのこと、気味悪く思ってる？　みんな、そうだった……。最初は可愛がってくれていても、ボクは大きくならないし、目の色もこんな気持ちが悪い翠だし……ご主人様はずっとやさしかったけど、でも本当は……』

『は？　気味が悪い？』

青年が不快そうに、マルを見下ろした。組んでいた足を組み替え、マルを睥睨《へいげい》する。

『そういう話をしているわけじゃないだろう。ただおまえが、マルというにはあまりに形が違いすぎて……いや、いい』

額にかかる髪を、青年が苛立たしげに掻き上げた。口調を事務的なものに変える。

『――日本語はもう使うな。ここにその言葉がわかる者はいない。わたしが誰で、おまえが何者かなどということは、もう今更だ。ここにこうしている以上、おまえは亜人として生きる他ない。今、おまえが纏っている魔素が消えしだい、こちらの言葉がわかるように処置する。二度と、あちらにいた時のことは言うな。わたしはもう、おまえの知っている人間ではない。この地を治める辺境伯、レシト・フォセ・ラ・ヴィクセルだ』

『へ、んきょ……？　レシ、ト……フォ、ヴィク……？』

長すぎることと、耳馴染みのない言葉にマルは戸惑う。

また忌々《いまいま》しげに、青年が息を吐いた。

『伯爵様、だ。おまえの身分で、わたしの名を呼ぶことは許されない』

『伯爵……様……。ご主人様と呼ぶのはいけないの？』

『わたしはおまえの主人ではない』

きっぱりと否定され、マルはシュンと肩を落とした。名前どころか、ご主人様と呼びかけることすらダメだなんて。

魂の色は同じなのに、マルが知る少年はどうなってしまったのだろう。

どういう顛末《てんまつ》で、ご主人様の魂が伯爵の身体に宿ってしまったのかも、マルにはわからない。髪の色も目の色も、顔立ちすらも懐かしいご主人様とはかけ離れている。

けれど、魂は。マルの目に映る魂の輝きは、やはりご主人様のものだった。あちらの言葉だって、ちゃんとご主人様は憶えている。

伯爵の中に、マルの知るご主人様はいる。ただ……ただ、なんなのだろう。なぜ、ご主人様はこんなにも冷ややかな青年になってしまったのだろう。

そのことが、マルには解せなかった。

それでも、マルにとってご主人様はご主人様だ。命を助けられたことで、その忠誠はより強固なものになっていた。それに、とマルは心中で呟く。

――ボクのこと……気味が悪いって言わなかった。

それだけで、マルは嬉しい。

少しはマルだと信じてくれただろうか？　そうだといいのだが。

せっかく人の形になり、言葉が通じるようになったのだ。ご主人様の――いや、伯爵様の役に立てるよう、頑張ろう。マルは強く決意した。

亜人の少年に因果《いんが》を含めたあと、使用人を呼び、食事と休む場所を指示して、一人になったレシトは、混乱していた。

マルは、自分がここに生まれる前に飼っていた犬だ。確かに、豆柴のくせに綺麗な翡翠の目の色をしていて、少し変わった——両親などは気味が悪いと言っていたが——犬であったが、人間であったことなどない。言っていることも、意味不明であった。

穴に落ちる前は犬ではなかった？　穴とはなんだ。その穴に落ちて、マルの祖父は亜人から犬になったというなら、マルは元々、こちらの亜人の血を引いているとでもいうのか。その上、再び開いた穴を通って、レシトを追いかけてきたと？

——そんな馬鹿な。

そう思いつつ、自身の記憶のこともあり、レシトは動揺していた。

レシトには、他人《ひと》には言えない記憶があった。ここではない、別の世界で生きた記憶はあまり良いものではない。子役でもてはやされた結果、友人も家族も信じられなくなった。

唯一信じられたのは、マル。

「本当に……わたしを追いかけてきたというのか……」

呟いた言葉は、こちらの言葉だ。日本語はもう随分口にしていなかったから、出る言葉はすっかり、こちらのものになっている。マルと、いや、さきほどの少年と話したのが久しぶりの日本語であった。

　呟き、レシトはすぐに否定の言葉を吐く。

「……馬鹿なことを。いくらわたしに前世の記憶があるからといって、マルまでがこちらに来るわけがあるものか」

　ましてや、元々亜人の血を引いていたなどあり得ない。誰かがレシトの弱みを突くために……いや、前世の話など、誰にも打ち明けたことなどなかった。かつてのレシトに、マルという飼い犬がいたことなど、誰も知らない。

　だが、あの瞳。それに、先だけ白くなった耳。

　レシトは顔を歪め、額を押さえた。

§第二章

　翌日、揺らぎの魔素が消えたからということで、マルはレシトに魔法をかけられ、こちらの言葉がわかるようになった。頭の中を掻き回されるようなひどい目に遭ったが、おかげで周りの人間がなにを言っているのかわかるようになったので、マルはレシトの技に感謝した。

　不思議な世界だ。犬であったマルが人間——耳と尻尾は犬のものだが——になったり、一瞬のうちに言葉がわかるようになったり、前の世界ではあり得なかったことが当たり前のように存在している。

　マルのような獣の混ざった人間は亜人といって、魔法を使うのは不得意だが、代わりに身体能力に優れた者が多いと教えられた。アジン——母から聞いた言葉だ。

　マルは犬型の亜人だ。拾われてから六日が過ぎ、マルはレシトの計らいで、側付きという曖昧な立場で身の回りの世話をする役についている。マルが不用意なことを言わないか、監視するためらしい。レシトが困ることを言うつもりはないが、そんな理由でも側にいられるのなら文句はない。なにより、犬であった時よりも色々なことができるのが嬉しかった。

人型になれたのはマルにとっては本当に幸いだ。おかげで話もできる。前の世界では、傷つくご主人様を慰めたくても、身を寄せたり、顔を舐めたりするくらいしかできなかったが、今は違う。

「伯爵様……お茶を、お持ち……しました」

慣れない丁寧な言葉を使って、マルは執事のアザールから命じられたお茶運びをニコニコと務める。人の身体で動くのも、だいぶ上手くなった。最初は二本足で歩くのも大変だったのだが、森でマルを拾ってくれた竜騎士ライエルなどが面白がって相手をしてくれて、走るのもそこそこなせるようになってきている。

ただし、こうやってお茶のような零れやすいものを運ぶのは注意が必要だ。失敗をしないように眉間に皺を寄せて、マルは慎重にレシトの執務机に茶器を置いた。

「……御苦労」

マルのほうをチラとも見ないで、レシトが機械的に礼を言う。

レシトとの関係は、あまり進展していない。とにかく、前の世界のことを言わないこと、名前をうかつに呼ばないことを厳しく言われていて、マルをひどく警戒しているようだった。その監視のために側に置かれているのだから当然であるのだが。

それが少し残念だ。人型になれたのは嬉しいことだったが、そのためにマルであることを受け入れてもらえないのが寂しい。前の世界ではあんなに仲良くしていたのに。

今はクンクンと鼻を寄せることも、毛がグシャグシャになるまで身体を撫でてもらうことも、抱き上げてもらうこともない。

「……くぅん」

思わず、犬のような鳴き声が出た。

「マル、なにをしている」

ため息をついたレシトのうんざりとした言い方に、マルはハッとする。考えている間に、身体が動いてしまっていた。マルは床に座り込んで、椅子に座ったレシトの太腿《ふともも》に頭をのせていたのだ。スンスンと鼻を鳴らすと、レシトの匂いを強く感じて、マルはうっとりする。以前と変わらない匂いだ。

犬だった時のように、ご主人様の股に頭を突っ込んでクンクンしたい。お腹を出して、たくさん撫でてもらいたい。

「……マル、おまえは犬ではない。亜人として行動しろ」

額を押さえ、苦々しげにレシトが言う。

マルは渋々と、レシトの腿から顔を上げた。こういう時は、犬のままでいたかったと思う。以前のようにレシトに甘えたかったし、遊びたかった。

そこでハッと気がつく。犬のように甘えるのは許されなくても、遊ぶのは大丈夫かもしれない。人間の子供もよく、大人と遊んでいた。

「伯爵様、遊ぼう！　ずっとお仕事ばかりだと、疲れるでしょう？」

いい考えだと、マルは目をキラキラさせてレシトに訴えた。

「おまえはまた……」

レシトが目を眇めて、マルを見下ろす。呆れたような、忌々しいような眼差しに、マルはまた自分が失敗してしまったのだと悟った。ピピピと振られていた尻尾が力を失くし、耳もペタリとオレンジ色の髪に伏せた。

「ごめんなさい。ちゃんと……亜人、になります」

犬だった時、レシトを喜ばせるのは難しくなかった。ただ一緒にいて、大好きと全身で表すだけで、レシトは――ご主人様は笑ってくれた。けれど、今は人だから、人としてレシトを喜ばせる方法を考えなくてはいけない。

――難しい……な。

と、またひとつため息をついたレシトが、執務机からペーパーナイフを取る。さらに、自分の髪を結んでいたリボンを解き、ナイフの刃に巻きつけた。

そうしてから、マルの目の前でリボンを巻いたペーパーナイフを二、三度、ゆらゆらと揺らす。自然と、マルの目はそれを追いかけた。投げてくれるのだろうか。翔だった時のレシトは、よく投げっこ遊びをする時にこうやってくれた。

レシトが立ち上がる。窓辺に向かうレシトを、マルは小走りに追いかけた。

「いいか、マル。拾ってこい」

マルが予想したとおり、レシトはそれを思い切り外へと放り投げた。細長いペーパーナイフはクルクルと回転しながら、放物線を描いて思いのほか遠く、飛んでいった。

「行ってくる！」

犬であった時なら嬉しくて「ワン！」と一声吠えただろう。マルはパッと踵を返し、一目《いちもく》散《さん》に執務室を飛び出した。早く外に出て、飛んでいったあのペーパーナイフを追いかけなくては。ご主人様が久しぶりに遊んでくれるのだ。

嬉しげに駆けていくマルを、レシトはうんざりと頭を振って見送るのだった。


時々、足をもつれさせて転びながら、マルは喜び勇んでレシトが投げたペーパーナイフを拾いに向かった。本館の建物を出て、執務室から見下ろす庭を駆け抜け、生垣へと飛び込んでいく。葉っぱだらけになりながら、マルは投げられたペーパーナイフを捜した。レシトはリボンをつけてくれたから、匂いで捜すこともできる。

生垣を越えると、その先は大人一人分ほど低い段差になっていて、騎士や兵士たちの訓練場に続く回廊があった。生垣の辺りを散々捜し回ったが見つからず、回廊のほうまで飛んでいったのかと、マルは段差を飛び降りようか考えた。

すると、面白そうにこちらを見ている男に気づく。

「ライエル……様？」

「どうした、マル。さっきからなにを捜しているんだ？」

ニヤニヤと笑うライエルの手元には、リボンの巻かれたペーパーナイフがあった。

「あっ、それ！」

マルはエイヤッと段差を飛び降り、回廊にいるライエルに駆け寄った。

「それっ、ご主……じゃなくて、伯爵様が投げてくれたやつ！　くださいっ。見つけたって、言わないと」

「投げてくれたって、おまえな。伯爵様に意地悪されているのか？　わざわざ投げて拾いにいかせるなんて、側付きの仕事じゃないだろう」

マルはペーパーナイフを受け取ろうとするが、ライエルはなかなか渡してくれない。それどころか、マルが届かない高さにわざと上げてくる。元の世界で言うと、百六十センチ台半ばのマルより、ライエルは二十センチくらいは大きい。

「意地悪じゃないですよ！　遊んでくれたんですっ。投げっこ遊び、大好きだから」

「投げっこ遊びって、犬じゃあるまいし……って、おまえ犬系の亜人か。いやいや、いくら犬系の亜人だからって、犬と同じことが好きなわけないだろ。こんなことをしたら、普通の犬系亜人なら怒るぞ。馬鹿にするなって」

呆れたようにライエルが言う。他の犬系の亜人など、マルは知らない。兵士や使用人、騎士の中にも亜人はいたが、あいにく犬系の亜人はこの城砦《じょうさい》にはいなかった。

だから、マルはキョトンと首を傾げる。

「馬鹿にされてなんかいないよ？　伯爵様が遊んでくれてるのに、どうして怒るの？」

「犬扱いされると、普通はな……いや、なんで亜人でもない俺が、こんなこと説明しなくちゃならないんだ。魔素の揺らぎから見つかったからか……いろいろと常識外れの小僧だな、おまえは」

ライエルが苦笑を見せる。そうして、ナイフを持っていないほうの手で、やや乱暴にマルの頭を撫でた。

「まだ、自分がどこから来たか、思い出せないか？　まあ、魔素の揺らぎの落し物がどこから来たか、誰にもわからないからな。そんな目にも遭えば、記憶のひとつも失うか」

ライエルの問いに、マルはコクリと頷く。マルの身元に関しては、レシトに命じられて、憶えていないことになっていた。

「え、と……伯爵様は、記憶が回復するのは難しいんじゃないかって、言っていたよ。なんか、僕自身の魔素も変になってるって」

事実、不思議な魔素を纏っていると、レシトは言っていた。それが揺らぎを通ったことによる変化なのか、それとも、ここことは違う世界生まれであることが原因であるのかはわからない。

「ああ、あの方は魔素が見えるものな。おまけに膨大な魔素持ちで……だからこそ、こんな辺境に押し込められたわけだが」

「押し込められた？」

なにか不穏な言い回しに、マルは思わずライエルに問い返した。

ライエルは軽く肩を竦める。

「気にするな。まあ、あの方にもいろいろと事情がある、というだけだ。悪いな、小僧。不愉快なこともあるだろうが、大目に見てやってくれ。苦労しているんだよ、伯爵様は」

最後は少し茶化《ちゃか》すように言って、ライエルはペーパーナイフを渡してくれた。

「ありがとう」

ライエルの言い方に疑問を覚えつつ、マルは礼を言う。正直、ライエルがなにを言いたいのか、わからない。

「伯爵様のこと、大好きだよ？　嫌いになんてならない」

とりあえず、ライエルが亜人に対する無礼と捉えたレシトの行為を不快に思っていないと、言っておく。

ライエルがなんとも言えない困った顔で、マルを見下ろした。

「投げっこ遊びが、本当に好きなのか？」

「好きだよ。伯爵様に遊んでもらうの、大好き。投げっこだけじゃなくて、ギューッとしたり、グリグリしたり、お腹撫でてもらいたいくらい。でも、ちゃんと亜人らしくしろって言われるから、そっちはやってもらえないんだ」

「グリグリとか、お腹撫でろって……おまえ、本当にまるっきり犬みたいだなぁ。俺がしてやろうか？」

「え、やだ」

「即答かよ！」

考えるまでもないマルの返答に、ライエルがマルの額を指で弾く。

「いたっ……やめてよ、ライエル様」

「拾ってきたのはオレなのに、伯爵様になんでそこまで懐いたのかねぇ」

「え……と、それは……」

もともと、マルの飼い主はレシトなのだ。懐くのも当然であるが、そのことをライエルに言うわけにはいかない。どうしようと口ごもるマルを、ライエルは鼻で笑った。

「まあ、伯爵様を嫌わないなら、いいか」

なんとも言えない、どこかしんみりとした口調だった。それが気になって、マルは質問する。

「……伯爵様を嫌いになる人がいるの？」

レシトは嫌われているのだろうか。前の世界にいた時みたいに……。

それに対して、ライエルはフッと黄味がかった目を細める。

「いろいろ難しい立場なんだよ、伯爵様は。おまけにあの不愛想だからなぁ。おまえくらいの歳の子なんて、あの方の側に来たら緊張でガチガチだ。無邪気にくっついてく奴のほうが珍しい。だから……嫌がられても、今みたいにブンブン尻尾振って大好きってやってやれよ。そのうち、さすがの伯爵様も絆《ほだ》されるだろ。いや……絆される、かな？」

ライエルが首を傾げる。自分で自分の言った言葉に不安を覚えたのだろう。

マルは唇を尖らせる。レシトと仲良くなれると断言してほしかった。

それにしても、難しい立場？　どういうことだろう。

この世界に来る前のレシトも、なんだか大変だった。子役というものになって、人気にはなったけれど、友達にはひどいことを言われたり、両親がおかしくなったり。

それで時々、マルに当たることもあったけれど、すぐにマルをギュ－ッとして、ごめんと言ってくれた。弱音を吐いたり、愚痴《ぐち》を言ったり、ご主人様はマルにだけは、気持ちを打ち明けてくれた。

そんなご主人様の力になりたくて、マルはできるだけご主人様の側にいた。犬だった時のマルには、そうするしかできなかった。

だが、今は亜人だ。言葉も通じるし、人間のように動ける。レシトがなにかつらい立場にいるというのなら、今度はもっと役に立てる、はず。

「……伯爵様は、どうして難しい立場になってしまったの？」

まずは、レシトがなにに困っているか知らなくては、とライエルに問いかける。

けれど、ライエルは意地悪だ。教えてくれない。

「まあ、いろいろ、な。この先、おまえもどういうことになるかわからないし、まだ知らないままでいればいい。そのほうが、伯爵様も気が楽かもしれないしな」

その答えを聞いて、マルは「ふぅ」とため息をついた。人間はいつもそうだ。マルに言っても仕方がないと、いつも仲間はずれにする。かと思えば、よくわからない話をグチグチとすることもあって、どうしたらよいか困ってしまう。

「人間はいつも、ボクを除け者にする」

少し唇を尖らせてそう言うと、ライエルがプッと噴き出した。

「いっぱしの大人みたいな口をきくなぁ、マル」

「……十六歳なら、大人でしょ！」

マルはプンと、胸を反らして訴えた。前の世界では、成人とは二十歳を指していたが、ここでの成人は十五歳だ。十六歳のマルは、立派な成人だった。

しかし、見た目がやや幼いからか、あるいはものを知らなすぎるからか、年齢よりも子供扱いされる。それが少し、不満だった。

頬を膨らませるマルの髪を、ライエルがまた乱暴にかき混ぜた。

「そんなことより、早くそれを持っていったほうがいいんじゃないか？　伯爵様が遊んでくれたんだろう？」

「あ……そうだった。ライエル様と話してる場合じゃなかった」

マルはハッとして、握ったペーパーナイフを抱きしめる。ライエルの話が気になってしまって、ペーパーナイフを持っていくのを忘れていたとは、失敗だ。レシトが待っている。

マルは本館へと戻ろうとした。そこに、別の男の声がした。

「マル！　そこにいたのですか。伯爵様の給仕も途中で、なにをしているのです」

執事のアザールだった。マルの耳がピンと立つ。からかいつつもマルを受け入れてくれるライエルと違って、アザールは厳しい。

「ご、ごめんなさい。えと、あの……」

手にしたペーパーナイフを見つつ、どう言ったらアザールに叱られないか頭をグルグルさせているマルの隣から、ライエルがアザールに答えてしまう。

「伯爵様が遊んでくれたそうだ。投げたペーパーナイフを取ってこいと言われたのだろう、マル？」

笑いを含んだ口調で言ったライエルをジロリと睨《にら》み、アザールがマルに問い質す。

「ライエル騎士が言ったことに、間違いはありませんか、マル」

「ライエル騎士だなんて、ここでまでそんな堅苦しい言い方をしなくてもいいだろう？　もっと気楽に、ライリーと愛称でもいいんだぜ？」

「黙りなさい。教育中のマルに、崩れた言葉を教える気ですか」

「アザールは堅いなぁ。ま、気楽に頑張れよ、マル。じゃあな」

軽くアザールをいなし、ライエルは手を上げて立ち去ってしまう。

マルは小さくなって、アザールに謝った。

「給仕の途中で、ごめんなさい。伯爵様が遊んでくれて嬉しくて……」

「ペーパーナイフを投げてもらい、嬉しかったのですか？」

アザールがなんとも言えず複雑な顔をする。ライエルと同じように、投げっこ遊びが好きだというのはおかしなことと思っているのだろうか。

困ってもじもじするマルに、アザールはため息をついた。頭が痛いとでもいうように、軽くこめかみを押さえる。

「あなたには亜人としての教育も必要なようですね。いいですか。そのように飼い犬と同じ扱いをされて、嬉しがる亜人はいません。むしろ、馬鹿にされたと怒るところです」

「でも……伯爵様に遊んでもらいたい」

遠慮しながらもはっきりと、マルは自身の希望を述べる。元は亜人だという話は母から聞いていたが、育ちは犬だ。亜人となった今も、気持ちは犬のままだった。

そんな状態だから、犬であった時の嬉しかったこと、楽しかったことが、今でもやはりやりたいことの上位に入る。

「マル、あなたはそれでよくても、あなたに対する伯爵様の振る舞いを他の亜人が見れば、亜人を馬鹿にしていると受け取られます。このヴィクセル辺境伯領には、中央よりも亜人の数が多い。領主として、亜人たちに反感を持たれるのは、伯爵様にとってよいことではありません。それは理解できますか?」

アザールにそう説明されて、マルはハッとした。ただただレシトに遊んでもらいたいだけだったが、迷惑がかかるなんて考えてもみなかった。

レシトが嫌われるのはダメだ。前の世界でも、レシト——ご主人様は、友達に嫌われて、悲しそうだった。ここでまで、つらい目に遭わせたくない。

「……ごめんなさい。ちゃんと亜人らしくするよう、気をつけます」

「この国には、亜人に対する差別はありません。貴族の中にも亜人がいるほどです。それだけに、亜人を馬鹿にしていると誤解されるのは問題です。伯爵様の側にいるのなら、気をつけなさい。もっとも、あなたがやはり何者かから送り込まれた曲者《くせもの》なら、伯爵様の評判を落とすためにしたのだと思えますがね」

「違います!　ボクはそんなことはしません!」

「どうでしょうね。伯爵様は心配ないと仰《おお》せですが……。とにかく、伯爵様の足をひっぱるような真似はしないように。伯爵様が大目に見ているからといって、甘えることは許しません。さあ、早く仕事に戻りなさい。あなたの仕事は伯爵様の世話をすることで、遊んでもらうことではありません」

「はい。ごめんなさい」

しょんぼりと謝ると、アザールがこれ見よがしにため息をつく。

「先ほどもそうですが、こういう時は『申し訳ありません』と言いなさい。――本当に、ただでさえ怪しい者の上、ここまでできない者を、なぜ、お側に置かれるのか」

「……申し訳ありません」

謝る言葉を言い直し、マルは悄然と、レシトが執務する本館へと戻っていった。


夜中、耳がピクリと動き、マルは目を覚ました。犬だった時と同じく、マルの眠りは浅い。なにか物音が聞こえれば、すぐに目覚める。

音が聞こえたのは、隣室からだった。すぐに主人の用が足せるように、従者の小さな控室が主寝室のすぐ隣にあって、そこをマルの部屋とされていた。だからマルはレシトが起きたのだと音でわかった。

小さな窓の外を見ると、まだ暗い。こんな夜中にどうしたのだろう、とマルもベッドから身を起こす。ヴィクセル辺境伯領には雪こそ降らないが、それでも冬の夜中ともなればそうとうに寒く、マルの吐く息は白かった。

「うぅ……寒い」

犬であった時には毛皮で身体のほとんどが覆われていて、丸くなっていれば寒さはだいぶしのげたのだが、亜人になった今は体毛などほぼなく、服はあまり毛皮の代わりになっていない。マルは少しでも体温を保とうとガウンを探し羽織った。

そっと、隣室に続く扉に向かい、小さく隙間を開けて様子を窺う。

レシトは窓辺の分厚いカーテンを開けて、外を見上げていた。元の世界ほど造りのよくないガラスは、少し外の景色を歪めて映す。

しばらくじっとそうしているから、マルは寒くないかと心配になった。暖炉《だんろ》に火を入れたほうがいいかもしれない。レシトが風邪《かぜ》をひいたら大変だ。

そう思い、マルはそっとレシトの寝室に入る。忍び足で暖炉に近寄り、薪《まき》の用意をしようとした。

「――なにをしている」

レシトが振り返り、咎《とが》めてくる。マルは飛び上がった。邪魔をしてしまっただろうか。

だが、レシトの部屋はマルの控えている部屋の数倍の広さがあり、火を入れないとだいぶ冷える。天蓋《てんがい》付きのベッドなら厚い垂れ布に囲われているから、多少はマシなのだが。

「あの……寒い、ですよ？　風邪、ひくし……」

途切れ途切れにそう言うと、レシトが大きく息を吐いた。

「わざわざ様子を窺っていたのか」

自分を見張っていたのかと窘《たしな》める言葉に、マルは大きく首を横に振った。

「窺う？　そんなことしなくても、気配くらいわかる、ですよ？　いつもボク、すぐ起きたでしょ。犬だった時と、同じ」

前の世界では、一緒のベッドで眠っていた。それで、ご主人様が少しでも動くと薄く目を開けて、大丈夫とわかるとまた眠った。それと同じことをしているだけだ。

「犬ならば、な。だが、犬系の亜人でもそこまで敏感ではない」

切り捨てるように言われ、マルの耳はしょんぼりと垂れた。どうやらまた、自分は失敗してしまったらしい。

「普通の亜人は、こういうこと……しない、ですか？」

不安になってそう訊ねると、レシトが冷えた眼差しをマルに向ける。

「普通かどうかを、おまえが気にかけるのか」

どこか小馬鹿にしたような言い方だったが、昼間の失敗を思うと当然にも思え、マルは肩を落とす。

「……投げっこ遊びをやってもらえて、ボクはとっても嬉しかったけど、普通の亜人は喜ばないって……伯爵様と亜人との関係を悪くするって、ボク、気がつかなくて……ごめ、申し訳ありません」

謝ると、それだけでおおよその事情を読み取ったのか、レシトが訊いてくる。

「アザール辺りにでも言われたのか？」

マルはコクリと頷く。そしてできれば、今の失敗もなんだったのか、教えてほしかった。今度はなにをしくじったのだろう。

「……伯爵様の、気配を感じて目が覚めるのは……ダメな亜人ですか？」

「別に、ダメな亜人ではない。元々、犬系の亜人というのは気配に鋭いところがあるから、訓練をすればおまえと同じようなことができる者も少なくない。ただし、訓練すれば、だ。おまえのは違うな？」

問われ、マルは素直に頷いた。特別な訓練めいたことは、前の世界でもしたことはない。それに、この程度のことは犬だったら誰でもできることだ。

「前の世界でも……犬なら、みんなできた、よ？」

「犬なら、な。だが、今のおまえは亜人だ」

そう言いながら、暖炉に火を入れろと手で指示してきた。マルは急いで、短い時間でもうかじかんできた手を動かし、準備をする。中央に小枝を置いてから薪を組む。火口《ほくち》となる木屑《きくず》を忘れていて、慌てて小枝の側に置いた。それから、火打石《ひうちいし》だ。魔法の使えない人々——主に庶民。魔法を使えるのは、だいたい貴族以上になる——が火を起こす時は、こういう道具を使うのだ。ただし、火を点けるのはなかなか上手くできない。そもそも、この六日間でようやく身のこなしが人間らしくなってきたところで、火を点けるなどの細かい動作はまだ苦手なのだ。

なかなか上手くできないマルに呆れたのか、諦めたのか、レシトが歩み寄って来ると、不思議な術——魔法で火を点けてくれた。

「すごい……」

「貴族なら、この程度はできて当たり前だ。——まだ、手足を使うのは上手くいかないか？」

暖炉に屈み込むマルの側に立ち、静かな口調でレシトが訊ねてくる。昼間の苛立たしげなレシトに対するよりも話しやすく、マルは嬉しくなった。

「ヒトの身体って、難しい、ね。手、とか、使えるようになったのは嬉しい、ケド、上手くいかない」

「言葉遣い」

嬉しくて、一生懸命話したマルに、レシトが苦々しげに言う。マルはハッとして、恐る恐るレシトを見上げた。レシトはいつもの無表情に近い冷えた顔を、マルに向けていた。

「おまえはわたしに仕える者だ。ペットだった意識は捨てろ」

「ごめ……も、申し訳ありません」

しょんぼりと、マルは謝った。飼われていた時、心の中でいっぱいいっぱい話していた時のように、レシトに話しかけたかった。けれど、それは許されない。ジゲンノハザマに飛び込んで、二人とも大きく姿が変わってしまった。立場も。亜人となり、言葉が通じて、レシトの役に立てる身体になったが、寂しい。

「……くぅん」

気がつくと、犬の鳴き声のような声を洩らし、マルはレシトの足に身体を擦りつけていた。

「……なにをしている」

不機嫌そうな声に怒らせてしまった、とマルは思ったが、レシトから離れたくなかった。

「もう……ボクが犬に見え、ませんか？　犬じゃないボクは、いらない？」

スリ、と頬を脛《すね》に擦りつける。

「――やめろ」

「うぅ……やだ。寂しいよぅ。どうして亜人になっちゃったんだろう。犬のままだったら、撫でてもらえたのに」

なんだか涙が出てきて、マルは鼻を啜った。寂しくて寂しくてたまらなかった。

「そうだな。犬のままであれば……」

レシトが呟いた。マルは大好きなご主人様の足にギュッとしがみついた。以前の世界よりも高くなった身長、子供のそれではなく、大人のしっかりとした筋肉のついた硬い足。

でも、マルの目に映る魂の輝きは、あの日、マルを助けて死んでしまったご主人様のままだった。

「犬のままでなくて、ごめんね。ボクなんかのために死なせてしまって、ごめんね。ご主人様の魂が、ジゲンノハザマに呑み込まれる時、もっと早く動けたら……あ！」

急に身体が浮いて、マルはレシトを見上げる。レシトが両脇に手を差し入れて、マルを立ち上がらせていた。

「前の世界のことは言うな。まったく……なにもかも、どうなっているのか」

「ご主人様……」

「訳のわからないことばかりだ。なぜ、わたしは記憶を持ったまま生まれた。犬のマルが、どうして亜人となってここにいる。ここで、おまえも生まれ変わったのか？」

「違う、よ？　は、く爵様は魂だけでジゲンノハザマに呑み込まれたけど、ボクは生きたまま追いかけたから……」

「そもそも、その次元の狭間とやらはなんだ」

レシトがマルに問いかけているような、自問しているような風情で口にする。

マルは小首を傾げた。

「ジゲンノハザマはジゲンノハザマだよ。ボクのお祖父さんが言っていたやつで、お祖父さんもそれに呑み込まれて、あっちの世界に来てしまったって言っていたんだって」

「それはいつの話だ」

「んっと……ボクが生まれたのが十六年前で、その時、お母さんが八十年ちょっと生きていて、お母さんが生まれた時のお祖父さんは、えっと、九十歳くらいで、あっちの世界に行った時が二十歳くらいだって言ってたらしいから……えと、いつの話？」

マルはあちらの世界の犬よりははるかに頭がよかったが、計算は苦手だ。

「なんだ、そのでたらめな寿命は。犬はそんな長生きなどしないだろう。おまえも十六歳だというのなら、犬としては老犬で……。本気で言っているのか？」

「ホントだよ。お母さんとお祖父さんがどれだけ生きたかは証明しようがないけど、ボクが十六年生きているのは本当。だって、本当は百年くらい生きられるのだから当然だって、お母さんが……」

母の話から、自分たちは普通の犬ではないから寿命も特別長いのだと素直に受け入れていたマルは、首を傾げる。レシトは力なく首を振った。

「いや……たしかに、亜人ならば普通の寿命だ。本当に……おまえの先祖は、亜人だったのか……？」

「お母さんは、お祖父さんからそう聞いたって言っていたけど……」

「おまえたちが亜人だとすれば、なぜ、あちらの世界に行ったら犬になってしまったのか、それについては、なにか言っていなかったのか？」

レシトに訊かれ、マルは頑張って思い出してみる。

「う……ん、と……本当は犬じゃないとか、這いずり回ってなかったとかは聞いたけど。お母さんも『夢みたいな話でしょう』って言っていたから、あんまり本気にしてなかったのかなぁ。でも、寿命はたしかに人間くらいあったし……」

「……深く考えなかったのは、いや……そういえば、おまえの祖父も母も、誰を相手に子供を得たのだ？」

何事か呟いていたレシトが、ハッとしたようにマルに問いかけた。

マルはレシトがなにを言いたいのかわからないまま、当然のように答える。

「犬だよ。犬は犬同士で番《つが》うでしょう？」

「犬……か。そうだよな。あちらの世界に亜人はいない。つまり……おまえは四分の三が犬というわけか」

「ん、ん？」

レシトの言っている意味がよくわからなくて、マルは目を瞬く。マルは犬なのだから、四分の三とやらが犬で、なにが問題なのだろう。

不本意そうにため息をつくと、レシトは暖炉近くの一人掛けのソファに腰を下ろした。

マルはそっと、その足元にうずくまる。怒られないことを願いながら、膝に頭を寄せた。

レシトはなにも言わない。ただし、応えない代わりに、叱られもしなかった。マルは嬉しくなり、犬であった時から言いたかったことを訴える。

「ご主人様、大好き……。あちらの世界でも、ずっとずっとご主人様に言いたかった。この世で一番大好きって。でも、犬の時はボクがどんなに吠えても伝わらないから、こうしてご主人様と同じ言葉が話せるようになって、すごく嬉しい。大好き。大好き、大好き、ご主人様」

感情が昂ぶって、マルは額をゴリゴリとレシトの膝に擦りつけた。

レシトはそれに一瞬、忌々しげな目を向けたが、結局なにも言わなかった。ただ黙って目を瞑《つぶ》り、マルの頭に手を置いてくれた。

§第三章

毎日、アザールに叱られながら、レシトに給仕したり、着替えの手伝いをしたり、インク壺《つぼ》にインクを足したり、執務中の細々とした用を足したりする日々を送る。

マルを側に置き続けることにアザールは不満そうだったが、レシトはまるで気にした様子はなかった。マルを犬だった時のように可愛がってはくれないが、遠ざけることもしない。マルが犬のマルと同じ存在だと、認めてくれているのだろうか。

そうだといいな、とマルは思う。マルはただ、レシトの側にいられるのが嬉しかった。

もっとも、レシトの内心はいささか異なる。

レシトから見れば、四分の三が犬のマルは、通常の亜人よりもいささか単純な性格をしていた。それだけに目が離せない部分があるのだ。

今も――。


空が見る間に暗くなり、ドゥンと雷《かみなり》が落ちた。

マルが飛び上がり、慌てふためいた様子で縮こまると、レシトの足に取り縋る。カリカリと膝を引っ掻いてくる。犬だった時であればおかしな仕草ではないが、亜人となっている今は人の形をした者がする動作とは言えず、微妙だ。レシトはため息をついた。

「マル、なにをしている」

「……ひゃう、っ！」

また雷が鳴り、マルは悲鳴を上げる。全身がブルブルと震えていた。尻尾はとっくに丸まり、股の間に挟まれている。

犬というものはだいたい雷を嫌うのだが、マルもそうだった。犬だった頃も、雷が鳴ると一目散に、少年だった翔のもとに来て、足の間に頭を突っ込んで小さくなっていた。

また、せがむように、マルがカリカリとレシトの膝を引っ掻いた。涙目で見上げてくる。

「……雷が怖いのか」

「ううぅ……怖いよぅ、ひうっ！」

雷の音に、マルがレシトの足に抱きついてくる。萎れた耳が、涙目で見上げた目が、レシトの記憶を刺激する。犬のマルと同じ翡翠の目、先っぽだけが白くなった可愛らしい耳。

そして、震えるマルの身体。

亜人のマルと犬のマルでは、まったく姿が重ならない。重ならないが……亜人のマルの話すこと、記憶が、レシトの前世と一致することは確かだ。

雷に震えるマル。仕方がない。

レシトは乱暴に、足に取り縋るマルを押しのけると、わずかに椅子を後ろに引いた。それから、マルの入れる隙間分、足を広げる。

マルが窺うように、レシトを仰ぎ見た。それにレシトは、不機嫌に頷く。

素早くマルが動き、ピュッとレシトの足の間に身を隠す。レシトの股間に顔を押し付け、腰にギュッとしがみついてきた。犬ならばともかく、人の姿で股間に顔を押しつけられるのは不本意だ。だが、必死のマルの恐怖はわかり、レシトはため息を呑み込む。

と、扉を叩く音がする。

「マル、少し離れろ」

レシトは命じるが、怯《おび》えきったマルには聞こえない。それどころか、大きな雷の音にますます震えを激しくしていた。仕方なく、そのままの状態で、中に入るよう答えた。アザールだろうという推測ができたからだ。

予想通り、扉を開けたのはアザールで、手紙の載ったトレイを手に入室した。レシトの執務机の前まで来て、一礼する。

「宮廷からの文でございま……す。なにをしているのですか、マル」

机の向こうから、レシトにしがみつくマルの頭が見えたのだろう。険しい声で、問いただしてきた。マルは答えるどころではない。レシトがため息をつき、代わりに口を開く。

「雷だ。恐ろしいらしい」

「……たしかに、今日の雷はだいぶ激しいですが。マル、子供ではないのですから、いい加減にしなさい」

「う……うぅ……ひゃうっ！」

　また大きな雷鳴が聞こえ、マルはますますレシトにしがみつく。

「伯爵様、失礼してもよろしいですか？」

　引き剥がそうかと、アザールが伺ってくる。それに対して、レシトはしばし考えたあと、必要ないと制止する。

「今は、なにを言っても無駄だろう。叱責は、雷が終わってからにしろ」

　その言に、アザールが不本意そうに同意する。マルの様子はどう見ても尋常《じんじょう》ではなく、この状態のマルになにを言っても頭に入らないだろうことは一目瞭然《いちもくりょうぜん》だった。

　それにしても、レシトの側付きとしては大失態だ。アザールは苦々しそうに、マルをひと睨みする。それを横目にしながら、レシトは手紙の封を切った。中を確認して、今度は別の意味で額を押さえる。

「……いかがなされましたか？」

　宮廷からの文ということで、アザールは案じたのだろう。出過ぎた振る舞いを承知しつつも、レシトに伺ってしまう。

　レシトもそれを特に咎めず、アザールに明かした。

「カヴェルグの羽根、オプスィアの皮、リアンルカの爪、オルタルタリの蜜をご所望《しょもう》だそうだ」

前世風に言えば、カヴェルグは人の身体ほどの大きさのある鷲《わし》、オプスィアは巨大な熊《くま》、リアンルカは人の一・五倍ほどの体長をした、二足歩行をする虎《とら》、オルタルタリは花の大きさが一メートルほどもあるハイビスカスに似た肉食植物である。

どれも深魔の森からしか採れないもので、手に入れるには熟練の騎士一隊が必要となる。それでも、死者が出ることも珍しくなく、危険が伴《ともな》った。

アザールが確認するように、口を開く。

「王妃選定の儀、ですか」

「王太子が二十歳になる。正妃を定めるのに、必要な儀式だ。春までに送れとのことだ」

「春までに……!?」

淡々と口にしたレシトに、アザールが声を上げる。

「すべて深魔の森でなければ採れない素材と、承知しているはずではありませんか。通例ならば、冬が明けてから命が下るものを……！」

王妃選定の儀に使われる素材は、深魔の森で採れるものが多い。その半分を、ヴィクセル辺境伯領から、残りをペトラ辺境伯領、シェルヴィーナ侯爵領——それぞれ別の深魔の森と境界を接している領地——から集めることになっている。

しかし、それらは春に指示が送られ、夏までに収集、献上《けんじょう》されるものだった。特に、オルタルタリの蜜などは、花の咲く時期でなくては集められない。

王妃選定の儀は、別名聖女選定の儀とも言われる、メッセル王国にとっては重要な儀式だ。王国では、旱魃《かんばつ》、洪水《こうずい》、豪雨、地震、噴火などの自然災害などに膨大な魔素によって対応していたため、王族、貴族にはそれ相応の魔素量が求められた。中でも国王、王妃は求められる役割が多く、国王は王族の中で魔素の多い者、王妃は魔素の多い子を産むためにも魔素量の多い女性が求められる。その選定のための宝具が神殿にあり、代々、王妃選定の儀が執り行われる慣《なら》わしとなっていた。

そうして選ばれた女性を、聖女ともいう。レシトが思うに、おそらく魔素量でのみ選ばれる女性は身分が低い場合もあり、不足する権威を補う意味で『聖女』という格を与えるようになったのではないかと推測している。前世の記憶のためもあり、信仰心に欠けた推測であった。

とはいえ、王国にとっては重要な儀式だ。魔素量の多い女性が王を支え、王国を災害から守ることは紛れもない事実だった。

それを、こんな嫌がらせとも言えることに使うなど、あってはならないことだった。

そう抗議するアザールに、レシトは皮肉な笑いを洩らす。

「それほど、わたしが憎いということだろう。死ねばいいと願われるほどに、な」

「伯爵様！」

アザールが怒りの声を上げる。それを片手を上げて、レシトは制する。

「いずれにしろ、こちらに拒むことはできない。遠征隊を結成し、深魔の森に入る手配をしろ、アザール」

「……伯爵様もご同行を？」

悔しそうに問うアザールに、レシトはなんの感情も見せることなく応じた。

「異母弟《おとうと》のために、当主自ら集めてくることを願う、そうだ。いつものことだな」

「こんな辺境の地を下賜《かし》するだけでなく、どこまで伯爵様のことを……！」

アザールが呻き、拳を握る。

だが、レシトがそれに心動かされることはなかった。ただ淡々と命じる。

「ライエルを中心に騎士を選べ。ああ、オトクルも入れてやれ。監視者だからな」

「……承知いたしました。ライエル騎士に伝えます」

そこで下がるよう促し、レシトは椅子の背もたれに身体を預ける。アザールに指示するうちに、雷は遠ざかっていた。ギュウギュウとしがみついているマルの肩を叩く。

「もう雷は行ったぞ」

「ホ、ホント……？」

震えながら、マルはレシトを見上げた。雷が去るのと前後して、雨が激しい音を立てて窓のガラスに当たっている。

「こ、怖かった……」

それからふと、小首を傾げる。

「深魔の森って、ボクが最初にいたところ……ですか？」

聞いていないようで、聞いていたらしい。

訊きながら、敬意を持って話すことを思い出したのか、言葉遣いを整えてくる。

それがなんともマルらしい間抜けさで、レシトの肩から力が抜ける。

「聞いていたのか？　怯えて、なにも耳に入らないと思ったのだがな」

しかし、口から出たのはそんな皮肉で、マルは小さく首を竦めた。

「ちょっと、だけ。ほとんどはあんまり……」

そう言いながら、甘えるように今度は柔らかく、レシトの腰に抱きついてくる。

「深魔の森に行くなら、ボクも、行く」

「おまえは足手纏《あしでまと》いだ」

「やだ、です」

聞きわけのない子供のように我が儘を言うマルを、レシトは考慮の余地なしと拒絶する。

「ダメだ」

深魔の森は生易《なまやさ》しい場所ではない。たまたま、マルは危険な目に遭わなかったようだが、それでもって安全だと思うのは間違いだった。

「さあ、雷はやんだ。もうどけ。余計な仕事が増えた分、忙しくなる。邪魔をするな」

「うぅ……はい」

しぶしぶといった体《てい》で、マルが執務机の下から這い出る。

それでレシトは意識を切り替え、深魔の森への遠征に考えを巡らせ始めた。


嫌な感じがしてならなかった。それはちょうど、レシト——翔が事故に遭う前に感じたような気分で、マルは不安でならない。詳しい話は雷のせいでよくわからなかったのに、むしょうに心臓がハクハクドキドキした。だから、離れてはいけないと思った。ついていって、今度こそご主人様を守らなくてはいけない。

自分は一度失敗している。嫌な感じはちゃんとあったのに、ご主人様を守れなかった。

マルはそれで、レシトに訴えた。ついていきたいと。しかし、あっさりと断られた。

アザールにも言った。ご主人様を守りたいと。しかし、レシトと同じく足手纏いだと否定された。

親しくしていたライエルにもお願いしてみた。嫌な感じがするから、どうしてもついて行きたいと。しかし、ライエルにすら、「おまえではなぁ……」と苦笑された。自分がちゃんとレシトを守るから、留守番をしていろと宥められた。

ダメだ。誰も頼りにならない。こうなったら、ひそかにでもついていくしかない、とマルは決心した。

宮廷からの手紙が届いてから十日後、レシトは遠征隊の準備を整え、城砦を出発した。見送りをすっぽかしたマルを、アザール達は拗《す》ねているのだと見做《みな》していたが、実際のところは一足先に城砦を抜け出して、マルは深魔の森に向かっていた。城砦から一行のあとをつけていっても、さすがに見つかってしまう。けれど、森に入れば、マルの足でもそっとついていけるだろう。そう考えてのことだった。先回りして、森の入り口で一行を待ち、しばらくしてやって来た一団の最後から、マルはついていく。

地竜に乗った一行は、レシトを入れて騎士が十一人。歩兵はついてきていない。なにかあって逃げる時、歩兵がいては足手纏いになるということを、アザールが話していた。だから、マルも諦めろと言っていたのだ。マルは自分があまり賢くないことを知っている。

犬たちよりは難しいことも考えられるし、話すこともできるが、人間には敵わない。通常であれば、レシトたちの判断にマルはしぶしぶながらも従っただろう。

だが、今回だけは別だ。この嫌な予感は、ご主人様がマルを庇って死んだあの時と同じものだった。この嫌な感じがわかるのはマルだけだ。たとえ、今度はマルが身代わりとなっても、ご主人様を死なせない。

その一心で、マルは地竜に乗ってゆっくりと森を進んでいく一行についていった。

時折耳に、レシトたちの話が聞こえてくる。

ほとんどは、どちらに向かうかなどの、騎士たちのまとめ役であるライエルとレシトの会話だ。だが、それに意地の悪い声が混ざる時がある。マルの見るところ、意地の悪い騎士は二、三人いるようだった。その一人を、レシトがオトクルと呼ぶ。

そういえば、とマルは思い出した。雷でレシトにしがみついていた時、レシトがそんな名を言っていた気がする。あまり感じのよい口調ではなかった。『監視者』とか言っていなかったか？

マルには意味がわからない。監視者ということは、レシトは監視されているということで、監視されているということは……どういうことだろうか。どうして、レシトが監視されなくてはいけないのだろう。誰に、監視されているのだろう。

ライエルの言っていた、レシトは難しい立場にいるというのと関係しているのだろうか。

こういう時、マルは犬でしかない自分が嫌になる。もっと賢かったら、レシトのためにいろいろなことが考えられるのに。

いや、今はレシトの身に危険が及ばないことだけに集中しよう。

マルは周囲の気配に神経を研ぎ澄ましながら、レシトの身の安全に注意した。緊張で心臓がドクンドクンしていた。

心配なのは、地竜に気づかれないために、ある程度の距離を置かなくてはいけないことだ。この距離のせいで、いざという時に走っても間に合わなかったらと思うと気が急く。

それでも、見つかる危険は冒せない。マルは懸命に逸る心を押さえて、一行を見据えた。

と、ライエルが片手を上げ、身ぶりだけでなにか指示を出す。すぐに、騎士たちが周囲に散開した。ずっと先のほうに行った騎士が、臭いの強い玉状のものを荷物から出す。独特の甘い臭いだ。素材集めとか言っていたから、あれでなにかをおびき寄せるのかもしれない。

レシトの側にはライエルの他に、例の嫌な口調の騎士も一人残っている。静まり返る森の中、マルはなにかあってもすぐに反応できるように、気を張りつめさせた。

「……オオォ――――ン！」

遠くから、獣の遠吠えのような声が聞こえた。レシトたちの背中が緊張を示す。一行がおびき寄せようとした獣の声かもしれない。微かに、地響きが感じられる。犬のままだったなら、毛が逆立っただろう。そんな恐怖の気配に、マルは震えた。

「――大いなる氷の槍よ、穿《うが》て！」

遠くから、魔法を行使する声が聞こえてくる。散らばった騎士の一人が、獣に向けて魔法を放ったのだろう。レシトの側にいる騎士の乗る地竜が、わずかに身じろいだ。

マルは意味もわからず、ただ嫌な予感に押されて、走り出した。不自由であったはずの人型の足が、まるで犬であった時のような速さで、レシトへと向かう。

「ご主人様……！」

倒木を飛び越え、岩から飛び跳ね、レシトを目指すマルを、皆が驚いた様子で振り返る。

「マル⁉」

「ご主人様、危ない！」

レシトに飛びかかり、地竜の上で伏せさせた次の瞬間、ゴオという空気の振動と共に熱が頭上を過ぎていった。

「な……⁉　オプスィアの咆哮《ほうこう》！　馬鹿な。今釣ったのは、リアンルカのはずっ」

ライエルが叫んだ。もう一人の騎士も狼狽《ろうばい》している。

マルの下から、レシトが顔を上げた。

「……おまえがわたしを救ったのか」

「ご主人様、大丈夫？　怪我はない？」

涙目で、マルはレシトの無事を確認した。予感のままに、身体が動いてよかった。本能に従ってよかった。

大丈夫だとわかって、マルは起き上がったレシトにギュウギュウと抱きつく。それを横目に、ライエルが自身の地竜を問いただす。

「オプスィアとリアンルカの二匹がいるのか、ノリス」

「グオ、オオウ」

地竜のノリスが答える。それに対して軽く首筋を叩き、ライエルがレシトに報告した。

「前方からオプスィア、右斜め前方からリアンルカが来るそうです。撤退しますか?」

二匹は同時に対応できないと、ライエルは判断したのだろう。

それに対して、レシトは腹立たしげなため息をつきつつ答える。

「いや、おまえたちはリアンルカの確保をしろ。オプスィアはわたしが処理する」

「伯爵様一人で⁉　危険です」

ライエルが反対する。レシトはそれを、軽く片手を上げて制した。

「元々、今日の目的はリアンルカの爪だ。まずはそれを確保したい。オプスィアのほうは、元々魔法攻撃のほうが通りやすい相手だ。倒すにしろ、足止めするにしろ、魔素量の多いわたしが相手をしたほうがいい」

今日の騎士隊の構成は、リアンルカ用に魔法よりも剣や槍の得意な者が多い。それならば、下手に連れていくよりも、味方の動向を気にせず大がかりな魔法を使えるようにしたほうがいい。

「しかし……!」

反論しようとするライエルを、もう一人の騎士が止めた。青褪めた顔色ながら、意地悪そうに口元に笑みを刷いている。

「伯爵様がそう仰せなら、従うべきだろう。こう言われるということは、お一人で倒される自信がおありのようだ」

「おまえにとっても、そのほうが都合がいいだろう、オトクル。ああ、だが、監視者のおまえはわたしについてきたほうがいいか？」

「い、いえいえ、とんでもない。伯爵様のお邪魔になるといけません」

オトクルと呼ばれた騎士は、わざとらしくそう断り、慌てた様子で騎士たちがいる方向に地竜を進ませた。さっさとレシトから離れ、少しでも人数のいるほうに行きたいらしい。それを見て、ライエルが舌打ちする。

「それでは、伯爵様。俺がこちらに残ります」

「いや、おまえがいなくては、指揮を執れる者がいなくなる。行け」

「では、マルを。せめて、マルは俺が面倒をみます」

ライエルが手を差し伸べてくる。マルはそれを拒むように、レシトにギュッとしがみついた。レシトがマルを見下ろす。

「行かない。今度は絶対、ご主人様を守る」

強い決意を見せて小声で呟くマルに、レシトはフンと鼻を鳴らした。ライエルに顎を向ける。

「いい。マルはわたしが見る。一応、命の恩人だからな。早く行け、仲間が死ぬぞ」

遠くから、リアンルカと思われる吠え声と、騎士たちの喊声《かんせい》が聞こえてくる。

ライエルが唇を噛みしめた。しかし、迷う時間はないと、地竜の身体を蹴る。

「危ないと思ったら、必ず逃げて下さいよ、伯爵様。マル、伯爵様を守れ！」

「はい！」

マルは大きく頷き、ライエルを見送る。もちろん、レシトを死なせるわけがない。そんなことは、一度で充分だった。そんなマルに、レシトが苦々しげに口を開く。

「あとでたっぷり、事情は聞かせてもらうぞ。今は、しっかりわたしに掴まっていろ」

「はいっ」

答えるとほとんど同時に、レシトが地竜を走らせ始めた。地竜は大きな身体で器用に、木々の間を走っていく。

また獣の咆哮が聞こえた。今度は見えていたのだろう。レシトが姿勢を低くする。地竜がわずかに左に逸れ、さっきと同じ熱いものがゴオと音を立てて過ぎ去っていった。

これが、オプスィアという獣が出すものだろうか。獣魔というものの力に、マルは慄《おのの》いた。ここには不思議なものがたくさんあるが、獣魔というものも元の世界ではあり得ない生き物だ。本当にこんな生き物を、レシト一人で倒せるのだろうか。

とにかく、今のマルがしなくてはいけないのは、二つだ。

ひとつは、レシトの邪魔をしない。

もうひとつは、レシトが危なくなったら、自分を身代わりにしても助ける。

——絶対に守る！

マルはキッと、前方を睨んだ。マルを抱えたレシトは、なにかブツブツと呟いている。なぜか、背中がゾワッとした。凝らした目に、巨大な生物が映る。マルは翠の目を見開いた。亜人になって良くなったものはたくさんあるが、目がよく見えるようになったのもそのひとつだ。世界が色づいて見えるのも、亜人となったおかげだった。

マルは獣の動きを見逃すまいと、恐怖を抑えてオプスィアを睨んだ。オプスィアは巨大な熊に似た生き物だった。前の世界の熊との違いは、その頭にある角《つの》と、金色に輝く体毛だ。オプスィアが前足を上げ、胸を大きく膨らませて息を吸い込む。またあの焔《ほのお》の咆哮を放つつもりだろうか。

「冬を支配する雪の嵐よ、今こそその力を表し、魔の眷族《けんぞく》を氷の檻に捕らえよ！」

レシトが長い詠唱の最後を、大きな声で唱える。オプスィアの頭上で大気が渦を巻き、雪が獣に向かって礫《つぶて》のように叩きつけられ始めた。

「え……すごい」

停止した地竜の上で、マルは思わず呟いた。レシトが魔法で暖炉に火を点けるのを見たし、ライエルにも時々炎の矢や水の砲弾を見せてもらったりもした。しかし、レシトのこれはそれらよりももっと派手な術だ。

オプスィアは何度も焔の咆哮を上げ、雪の攻撃に抵抗する。その咆哮のせいか、少しずつ雪の嵐が静まってくる。

「ちっ！　これではダメか。傷つけずに捕らえるには……」

レシトが軽く舌打ちした。続いて、なにか唱え始める。その間にもオプスィアを取り巻く嵐はしだいに静かになっていき、マルはハラハラした。

またオプスィアが息を吸い込み始め、マルは危険を感じて、思わず地竜の首を叩く。

それで、地竜が咆哮を避《よ》けるのが間に合った。いつもより、勘が研ぎ澄まされている気がする。ご主人様を守るためだから、いつも以上の力が出るのだ。

マルはじっとオプスィアを睨み、咆哮を放つタイミングを測り、避けた。

やがて、レシトの詠唱が終わる。

「包め、オプスィアを！　去れ、生きる者に皆等しく求められし、大いなる神の息吹よ……くっ！」

今度の魔法はどんなものかわからない。だが、こちらに近づいてこようとしたオプスィアの身体が、不意になにかに妨げられたかのように堰《せ》き止められた。それを壊そうと、オプスィアが何度も拳を振るう。咆哮を放つ。焔も拳も、目には見えない何かにぶつかり、跳ね返った。

うまく捕らえたのだ、とマルは喜び勇んでレシトを振り返った。しかし、苦しそうなレシトに驚く。

「ご主人様、どうしたの⁉」

レシトは額に脂汗《あぶらあせ》を滲ませ、見えないなにかに抵抗するオプスィアをじっと睨《ね》めつけている。なにかを攻撃されるたびに、低く呻いた。

よくわからない。だが、レシトはなにか魔法の力で、オプスィアを封じ込めているに違いない。

オプスィアを見ると、暴れていた獣がしだいに息苦しそうに喘いでいる。この調子で仕留められるのだろうか。マルはハラハラとその様子を見守った。

「早く窒息《ちっそく》しろ、でかぶつめ！　……ぐぅ、っ」

と、レシトの身体が傾ぎ、地竜からずり落ちようとする。

「ご主人様……！」

マルは慌てて、レシトを引き留めようとした。しかし、体重が違いすぎて失敗する。

マルもレシトと一緒に、地竜から落ちてしまう。落ちた衝撃で、一瞬、オプスィアを包むなにかに隙ができる。

オプスィアが最後の力を振りしぼった拳で、そのなにかを打ち壊した。

音のない衝撃が、マルたちに聞こえた気がした。レシトがまずいと息を呑み、腰から剣を抜こうと体勢を変える。

「マル、逃げろ！」

あの時と同じく、マルを助けようと叫ぶのが聞こえた。

いや、ダメだ。守られるのはご主人様のほうだ。

「オゥンッッ‼」

マルは吠えた。向かってこようとしたオプスィアに飛びかかる。

「やめろ、マ……っ」

レシトの叫びが途中で途切れた。それがなぜなのか知らぬまま、マルはオプスィアの喉元に食いついた。

「グゥ……オォ――――ッ！」

オプスィアが唸る。マルは食いついて離れない。が、途中で力尽きる。空中高く振り飛ばされ、情けなく地面に叩きつけられた。

「……キャウンッ」

「空気の刃よ、斬り裂け！」

同時に、レシトの詠唱が響いた。マルに気を取られていたオプスィアの首を、レシトの魔法の刃が斬り落とす。

「――――――ッッ‼」

最期の声を上げる間も与えられず、オプスィアの命が断たれた。大きな地響きを立てて、巨体が倒れる。マルはよろよろと起き上がり、レシトが大丈夫か確かめようとした。怪我はないか、生きているか、ただそれだけが心配だった。

よたよたと歩み寄ったマルに、レシトが困惑に包まれた眼差しを向けた。

「マル……おまえ、本当にマルだったのか」

「キャウ……キュウン」

言葉が出ない。まるで犬だった時のように、鳴き声しか出なかった。

どうして？　と思った時、マルはやっと自身の異状に気づいた。犬の姿に戻っている！

レシトが小犬のマルを抱き上げる。

「どういうことだ……いや、魔素が満ちている。亜人であった時には薄かったのに……。だから、こんな小犬がオプスィアに喰らいつけるほどの力を出せたのか。だが、なぜ魔素が急に……」

考え込むように呟くと、マルの目を覗き込む。

「まさか……亜人とは魔素の力で人の形を得るのか？　だから、亜人には魔法を使えるだけの力を持たない者が多いのか……」

そんなことを言われても、どうして犬に戻ったのかマルにはわからない。地竜の足元に、マルの服が落ちている。

地竜が長い首を、マルに向けてきた。スンスンと匂いを嗅ぎ、なにかをレシトに訴える。

レシトとこの地竜は、ライエルと彼の地竜ノリスのように、心が通じているようだった。

「それで元に戻る？　……わかった、オーロ。やってみよう」

頷き、抱き上げたマルに、レシトが向き直る。

「今からおまえにわたしの魔素を流す」

小首を傾げ、マルはレシトのすることに素直に身を委ねた。しばらくすると、なにか温かいものが身体に流れ込んでくるのを感じた。

「……ワフ」

吠えると、レシトが次の指示を言ってくれる。

「魔素の流れを感じたか？　もし、わかったのなら、それに自分の意識を重ねろ。意味はわかるか？　魔素の流れに同調するんだ。そうすれば、どうしたら亜人に戻れるかわかる」

マルは懸命に、温かな流れに身を任せた。意識というか、マルの中のトロリとしたものが、いつしかレシトの魔素の流れに混ざり、身体の奥のどこかに消えていく。意識も一緒に消えて、呑み込まれ、重なり――。

「ウ……アフ……う、あぁ……んっ」

声が、犬のものから亜人のものに変化する。しばらくして、マルはそっと目を開けた。

翡翠色の瞳に、どこか心配そうなレシトが映った。嬉しくて、マルは微笑んだ。

「ご主人様、大好き」

「……第一声がそれか。どうしようもない奴だ」

不機嫌そうにそう言うと、少年の身体に戻ったマルを地面に下ろす。

「服を着ろ。誰かが来たら、不審に思われる」

「え、と……はい」

心配そうな顔をしていたはずなのに、また今までの無愛想な様子に戻ったレシトに、マルは何度も首を傾げる。犬だったマルには心配そうだったのに、亜人になったら違う気持ちになるのだろうか。人間ってわからない。

——おかしいなぁ。

しかし、再び言葉が話せるようになって、レシトが大好きと告げられたので、マルは満足だ。これが一番大事なことで、何度でもレシトに言いたいことだった。

マルが不器用に服を着ている間に、レシトは倒したオプスィアの処理をしている。地竜に手伝わせてオプスィアを木に吊り下げ、手早く血抜きをしていた。

衣服を着終えたマルは、その背中に抱きつく。

「ご主人様、怪我はない？　大丈夫？」

「見てわかるだろう。おまえこそ……そういえば、怪我はなかったな。魔素で身体を亜人に作り替える時に、怪我も治療されるのか……わからん」

マルに冷淡に応じながら、レシトはなにか呟く。マルの身体の不思議が、レシトには引っかかってしようがないのだろう。

しかし、マルには重要な問題ではない。それよりも、いざという時にレシトを守れて、そのあともちゃんとレシトと話せる亜人に戻れたのだから、なんの問題もなかった。

地竜のオーロが、レシトにコツンと頭を当てる。それにレシトがため息をついた。

「元々亜人は、そうだっただと？　つまり、魔素によって身体を自由に変える、半人半獣だったのか？　……ということは、古《いにしえ》の聖獣は、半人半獣の姿をとれるだけの亜人……」

オプスィアの処理を続けながら、レシトがなにか考え込む。マルは払いのけられないのをいいことに、その背にずっと抱きついていた。レシトの匂いを胸一杯に吸い込んで、しごく幸せだった。


オプスィアの処理を済ませ、あらかじめ散開した時の集合場所に定めていた地点に、マルを連れて戻る。マルはいたってご機嫌で、レシトにもたれて地竜に乗っていた。

一方、レシトの懊悩《おうのう》は深い。マルが犬のマルであったことが立証されたとはいえ、謎はいっそう深まったといえるからだ。

――亜人とはいったい……。

魔素がなければ、この世界の亜人は元々獣であったのか。そうして、なにがきっかけか不明だが、身体の魔素を人型に変換する方法を知り、亜人となった。

推測だ。オーロと意思が通じるといっても、話ができるわけではないため、どうしても推測が多くなる。

だが、もしこの推測が多少なりとも的を射ているなら、いわゆる聖獣伝説も真実味を帯びてくる。

聖獣は国の導き手とも言われ、彼の者の寵愛を得た国は繁栄するとも言われているが、その内容の正誤はともかく、魔素を操ることで亜人と獣の姿を自由に行き来できる者が存在したとしたら――。

とりあえずマルに、自分が犬に戻れたことを人に言わないよう、釘を刺しておいたほうがいいだろう。他人が知れば、それこそマルを聖獣と勘違いしかねない。

「おい、マル」

「なぁに、ご主人様」

すっかり言葉が崩れてしまっているが、今はそれを注意している時ではない。レシトは細かい注意を後回しにして、マルに警告した。

「マル、さっきの犬に戻ったことだが、人に言ってはいけない。いいか？」

すると、マルは「どうして？」とも訊かないで、素直に頷く。

「うん、わかった。あ！」

と、声を上げたあと、なんだか嬉しそうに振り返る。

「へへ、二人だけの秘密、だね。ご主人様とボクの」

十六歳といえば、こちらの世界では立派な成人なのだが、この子供っぽさはどうなのだろう。たしかに、肉体的にまだ大人とまでは言えない。しっかりと大人の男の身体が出来上がるのは、二十歳を超えてからだろう。だからこそ、犬になったマルは小犬なのだろうが、それにしても中身が子供すぎる。とはいえ、ひとまずはマルの口を塞ぐのが大切だ。

うんざりしつつも、マルの言葉に同調し、繰り返した。

「そうだ。二人だけの秘密だ。守れるな、マル」

そういう言い方をすれば、マルの口が堅くなると判断してのことだが、案の定、マルはひどく嬉しそうに頷く。

「うん！　絶対に言わない。二人だけの秘密」

「それでいい」

だが、そのある意味ほのぼのした空気は、合流した時点で終わる。

オプスィアの皮を地竜にのせて戻ってきたレシトに、オトクルら宮廷の息のかかっている騎士らが残念そうな顔になる。

「……さすが、陛下の第一王子殿下であられる。お一人でオプスィアを倒されるとは」

レシトはすでに臣籍に下り、王族ではない。それを承知での嫌味であった。

「王子様？」

訊き咎めたマルが首を傾げるが、それは捨て置き、レシトはオトクルの嫌味交じりの出迎えに、事務的に応える。

「リアンルカは捕らえたのか？」

「もちろんでございます。我ら王の騎士が不覚を取るなど、あるわけがございません」

胸を張るオトクルたちの背後で、ライエルが顔をしかめている。オトクルが嘯《うそぶ》くほど簡単ではなかったか、あるいは、活躍したのはライエルらでオトクルたちは邪魔にしかならなかったのか。いずれにしろ、碌《ろく》な理由ではあるまい。

ライエルが渋い顔で歩み寄ってくる。

「伯爵様。オプスィアもリアンルカも無事回収できた以上、急ぎ、深魔の森を出ましょう。他の獣魔が寄ってきては面倒です」

進言するライエルに、レシトは頷く。

「そうだな。リアンルカのみを釣る予定が、オプスィアまで出てきてしまった。無事な間に戻ったほうがいいだろう」

「おやおや、怖気《おじけ》づかれましたかな。たかだか獣魔が二匹に増えた程度で……」

「黙れ！　リアンルカに追われて、腰を抜かしていたくせに」

退却の指示を出したレシトをすかさず揶揄《やゆ》したオトクルに、ライエルが怒声を浴びせる。

オトクルは真っ赤になった。

「なっ……あ、あれは、地竜が言うことを聞かなかっただけで」

「パオゥッ」

オトクルの地竜が抗議するように鳴き声を上げた。己の地竜にすら不満を表され、オトクル派ではない騎士たちが嘲笑《ちょうしょう》する。

ますます真っ赤になって怒鳴ろうとしたオトクルを、レシトは冷たく制した。

「つまらぬ言い争いで時を浪費してよい場所ではない。行くぞ」

深魔の森は人の都合など待ってはくれない。二匹の獣魔を倒したことで、消しきれない血や臓物《ぞうもつ》の臭いが漂っている。きちんと地面に埋めて処理はしてきたから人間にはわかりにくいが、獣魔にはまだ充分臭うだろう。一刻も早く森を出るべきだった。

オトクルはまだなにか言いたそうだったが、リアンルカを間近に見たことが恐怖だったのだろう。不承不承ながらも引き下がる。

レシトたち一行は、地竜を急がせて深魔の森から脱出した。

城砦に戻ったマルはアザールに見つかり、きつく叱責された。勝手に抜け出して、レシトたちについていったのだから、当然だろう。

「アザール、それくらいにしてやれ。マルは勇敢《ゆうかん》に、わたしを助けてくれた」

それを、レシトが庇ってくれる。レシトとしては本当のことを言ったまでなのだが、マルは嬉しかった。

喜びのあまり纏わりつくマルを邪険にしながら、怪我をした騎士たちの治療を手配し、次回の打ち合せのために、ライエル、オトクルらを従えて、レシトが本館に入る。

マルも給仕のために、小走りに後を追った。アザールに監視されながら、飲み物の支度をする。

そうしてアザールと共に執務室に入ると、冷たい空気が立ち込めていた。

「わたしはただ、王宮からは伯爵様自ら集めるよう指示されたのではなかったのか、と申し上げたまでです。リアンルカの爪は我ら騎士で打ち取ったのですから、伯爵様自らという条件には当てはまらないのではありませんか?」

オトクルがなんだか嫌な口調で指摘していた。マルは飲み物を配りながら、わずかに唇を尖らせる。嫌がらせのような物言いに聞こえる。ライエルが反論する。

「騎士ではない。伯爵様を中心とした一団が打ち取ったのだから、すなわち、伯爵様自らが集められたということだ。王宮も、伯爵様がいちいち単独で採ってくるよう、言われたわけではない」

「それは解釈の違いですな。わたしとしては、王宮の指示なのですから、より厳密《げんみつ》に判断するべきと思いますが」

「それはいかにも官僚的な解釈だな。さすが、騎士でありながら、リアンルカに腰を抜かしただけのことはある」

「それは……っ！」

　騎士としての恥を指摘され、オトクルが声を上げる。深魔の森でもそれで争いになりかけたことを憶えていたマルは、ハラハラした。しかし同時に、レシトに意地悪を言うオトクルにいい気分にはなれない。つい、ライエルを応援したくなる。

　思わず拳を握ったマルに、アザールがヒソと指示した。

「あとはわたしがついていますから、マルは下がりなさい」

　一緒にこの場にいて、レシトを応援したいと思ったが、アザールの厳しい眼差しにシュンとなり、マルはトレイを手に執務室を下がった。

　しかし、レシトを苛めるようなことを言うオトクルがどうなるのか、どうしても気になる。ライエルがちゃんとやり込めてくれるだろうか。レシトが言い負かすか。

執務室の扉を閉めて、マルはそっと左右を見た。執務室の周囲は静かで、使用人たちの気配はしない。深魔の森に行っている間に掃除など、もう終わっているのだろう。

マルはよし、と扉に耳を押し当てた。アザールに側付きの心得を教えられた時、盗み聞きはしてはいけないと言われていたが、今日みたいな日は許してほしい。首尾よくレシトを守れたことで、マル自身の気持ちも高揚《こうよう》しているのか、ついそんなふうに考えてしまう。

マルは中の様子に耳を澄ました。

『わ、わたしは腰など抜かしていない！　おまえたちが仕留めやすいよう、囮《おとり》になってやったんだっ』

森で言ったのとは、また別の言い訳をオトクルが怒鳴っている。

『囮？　むしろ邪魔でしかなかったが？　それよりも俺としては、王の騎士と呼ばれる方々がここまで腰抜けとは、そのほうが心配だな。これで国王陛下の守りは大丈夫なのか』

『な、な、我らを愚弄《ぐろう》するつもりか、ライエル！　獣魔を相手にする野蛮《やばん》な騎士が、人を相手にするのが務めの我ら王の騎士を馬鹿にするとは許せんっ』

『野蛮な騎士だと？　その野蛮な騎士が守っているからこそ、王都で安穏《あんのん》とした暮らしができるくせになにを言っている。俺たちがいなければ、それこそ王国の過半は深魔の森の獣魔たちに蹂躙されるぞ。その程度のこともわからぬのか？』

ライエルはどこまでも小馬鹿にした口調だ。傲慢《ごうまん》なオトクルの相手が、心から嫌なのだろう。

マルだって腹が立つ。この地に来てまだ一ヶ月も経っていないが、今日対峙した獣魔を思えば、森から獣魔を出さないよう守っているここの騎士たちの務めが大切なことくらいはわかる。

『もうよい』

レシトの声が聞こえた。

『王妃選定の儀にリアンルカの爪が必要ないというのなら、送り返してくればよい。こちらは指定された素材を集めるだけだ』

『しかし、王宮からの指示は！』

『わたしは深魔の森に出向いた。たまたま森に二種類の獣魔が現れたのは、さて、どうしてかな』

レシトの問いに、なぜか沈黙が広がる。

マルはきょとんとした。そういうこともあるだろうと単純に思っていたが、レシトは違うのだろうか。

ガタン、と乱暴に、誰かがソファから立ち上がる音が聞こえた。オトクルだ。

『と、とにかく！　わたしは忠言《ちゅうげん》いたしましたからな。いくら、元第一王子殿下とはいえ、王命に逆らえばどうなるか、知りませんぞっ』

そうして、扉に向かう足音が続く。

マルは慌てて周囲を見回し、執務室のすぐ向かいの部屋に駆け込んだ。音が出ないよう扉を閉めてすぐに、執務室の扉が開かれ、オトクルらしき足音が大きな音を立てて歩み去っていく。充分にそれが遠ざかってから、マルはそこから忍び出た。

「はぁ……びっくりした」

胸を撫で下ろし、オトクルが去っていった方角を見つめる。

それにしても、と首を傾げる。深魔の森でもオトクルはレシトのことを王子殿下と言っていた。王子様というのは、たしか王様の子供のことだ。アザールからは、ここが王様のいる国で、レシトはその下に仕える貴族というものだと教えられていた。

けれど、王子様ということは貴族よりもっと偉い人だったということだろうか。王子様なのに、今は伯爵様と呼ばれているのは、どうしてなのだろうか。

「う〜ん……わからないなぁ」

オトクルはレシトを元王子とも言っていた。元、ということは、今は王子ではない？

「ん、ん、ん？」

不可思議で、マルはもっと事情がわからないかと、執務室の扉に再び耳を押しつけた。

オトクルが去り、レシトたちはもう別の話をしている。アザールもそれに参加していた。

『……王宮はよほど、わたしに死んでもらいたいようだな』

『伯爵様！』

自嘲するように呟いたレシトに、アザールが声を上げる。しかし、「そんなことはありません」などの否定の言葉は続かなかった。

『誰もが知っていることだ。それよりも、なにかわかったことはあるか、ライエル』

まるで、誰かに死を願われるのは慣れっこだとでもいうように淡々とした口調で、レシトが続ける。ライエルが同情や慰めの混ざらない口調で、レシトに答えた。

『リアンルカの処理をしている間に、オトクルたちの目を盗んで、臭い玉の確認をしたところ、中心に近いわかりにくいところに、オプスィアを釣る効果のある乾燥したパルマ草が挟まれていた。もっときちんと管理しておくべきだった。俺の失態だ。申し訳ない』

『やはり、な。わざわざわたしに集めて来いと言うからには、なにか企んでいるのではと睨んだが、雑な手段だ』

吐き捨てるようにそう言ったレシトに、ライエルが応じる。

『人並み外れて多い魔素を持つというのも、楽じゃありませんな。この国は、魔素の多い貴族が恩恵をもたらすことでもっている。魔素の多い女が王妃に選ばれるとなれば、当然、王も魔素の多い王族がなるのが必然。王妃も必死だ』

『臣下に下った者が、王位に就いたことなどないというのに、ご苦労なことだ。――しばらくはまた、騒がしいことも起こるだろう。警戒を頼む』

『かしこまりました、伯爵様』

『次はしくじらん』

アザールが、続いてライエルがレシトに答え、会話がとぎれる。

マルはただただ、不安で胸がいっぱいになっていた。話のあちこちは、マルにはよくわからないところがあったが、レシトが命を狙われていることだけは理解できた。今日の深魔の森での出来事も、たまたまではなかったということも。

「ご主人様、命を狙われているなんて……」

と、いきなり扉が開いた。話の内容があまりに衝撃的で、油断してしまったのだ。

「……あっ！」

思わず前につんのめったマルに、部屋を出ようとしたアザールたちが気づく。

「マル、なにをしているのです！」

「冗談だろう。こんなとぼけた奴にしてやられるとは」

怒るアザールに、天を仰ぐライエル。レシトは渋い顔をして、床に手をついたマルを睨んでいた。

「……気を落とすな、ライエル。元々の身体能力だ」

マルに犬としての野性の能力がそのまま残っていると知るレシトが、ライエルを宥める。

アザールが驚く。

「それほど、身体能力が高いのですか？」

「ああ、信じられないほどな。オプスィアとの戦いも、マルのおかげで助かった。しかし、兵士や間者とするには性格が、な」

「たしかに……」

わたわとと慌てるマルに、ライエルがなんとも言えない眼差しを向けてくる。盗み聞きに気づかれないほど気配を消せても、見つかってまったく対処できない慌てぶりでは、たしかに兵士としても間者としても使えない。

これでは、いくらず抜けた身体能力があっても、どう鍛えたらよいかわからない。

「マル！」

レシトに呼ばれて、マルはつい犬だった時のように足元に駆け寄る。そして、犬のようにお座りのポーズで、レシトの足元にビシッと畏《かしこ》まる。

その様子に、アザールは唖然《あぜん》と口を開き、ライエルはやれやれと首を振る。

「盗み聞きしたことは他言無用《たごんむよう》だ。わかったな」

「はい！　誰にも言わないってことだよね。わかった！」

「……言葉遣いがひどすぎる」

レシトの言にキリッと応えたマルに、アザールが呻くように呟くのが聞こえた。ライエルは呆れた眼差しで、マルを見下ろしている。

「犬系の亜人は、忠誠心が旺盛《おうせい》だとは言うが……」

しかし、二人がどう思おうが、マルにはどうでもよい。レシトに命じられて、その命令を聞けるのが嬉しかった。マルは忠実な、レシトの犬なのだ。

そう得意に思いながら、マルは胸の奥がなんとはなしに不安だった。


不安なのは、レシトの命が狙われているから。しかし、それだけではない。

なんとなく。なんとなくではあるが、以前の翔だった時のように、レシトもなにか心が傷ついているような、そんな思いに捉われ、マルは深夜にレシトの寝所に忍び込んだ。

『……王宮はよほど、わたしに死んでもらいたいようだな』

そう言った時の、声にこもった暗さ。翔であった時よりももっと、澱《よど》んだ暗さをマルは感じた。あの頃より、もっとレシトは傷ついている。マルはそれが、心配でならなかった。

こういう時、マルにできることはあまりない。どうすれば、レシトの苦しみを取り除いてあげられるのか、マルにはまったくわからなかった。

ただひとつ、マルにできることは——。

レシトを驚かせないように、マルは寝台を取り巻く天蓋の垂れ布を引いて、忍びやかに寝台に上がる。

「ご主人様」

　ひっそりと囁いた瞬間、上下が逆転した。

「きゃう……！」

　マルの身体が、寝台に押さえ込まれている。眠っていたはずのレシトが、冷たい眼差しでマルを捕らえていた。

「ご主人様……」

「……マルか。なにしに来た」

　低い声は感情を覗かせない。壁のようなものを感じ、なぜだかマルは泣きそうになった。必死に手を伸ばして、レシトを抱きしめようと試みる。

「……なにをする」

「ご主人様、大丈夫だよ。ボクは大好き。ずっと一緒にいる」

「なにを言っている」

　不愉快そうな、レシトの口調だった。マルはせっかく言葉が通じるようになったのだからと、なんとか自分の感じていることを伝えようとする。

「ご主人様、痛がってる。つらくて、苦しいって……。前の世界の時も、お父さんとお母さんが喧嘩したり、友達にひどいこと言われたりした時、同じように痛いって伝わってきた。その時も、ずっと一緒にいたでしょう？　そうしたら、ご主人様、少し元気になって、だから、だから今も……」

「わたしが傷ついていると？　苦しんでいると？　……馬鹿にするな。おまえごときに慰められるほど落ちぶれてはいない」

「でも、でも……！」

　マルは懸命に、レシトに訴えようとした。言葉が通じれば、と犬だったあの頃はずっと願っていた。そうしたらもっともっと、ご主人様を慰められるのに、と。

「有名になって、嫌な思い、したでしょう？　ここでは命を狙われて……。王様がお父さんってことは、王妃様はその奥さんだから、ご主人様のお母さんってことで、でも、お母さんはご主人様を嫌っていて……？　どうして、命」

「母親ではない！」

　声をひそめながらではあったが、レシトが激しく否定した。マルは頭が混乱する。マルの少ない知識では、どういうことかわからない。

「でも、王妃様は王様の奥さんで……」

「母親ではない。なにも知らぬのに、賢《さか》しらに口を挟むな」

「……ごめんなさい」

　しょんぼりと、マルは謝る。レシトを不愉快にさせたくはなかった。ただ犬だった頃のように、痛がっている心を慰めたかった。

そうだ。あの頃は、顔を舐めると、ご主人様は喜んでくれたと思い出し、マルは早速レシトの頬に唇を寄せた。ペロ、とその頬を、目の端を舐める。

「なにをする、マル。やめろ」

「これ、好きだったでしょう？　ご主人様、これをするといつも笑ってくれた」

「犬ならな。おい、やめろ」

レシトがマルを押しのける。うんざりした様子に、マルは唇を尖らせた。犬ならよくて、亜人ではダメだなんて、意味がわからない。どちらのマルもマルだ。

「亜人のボクじゃダメなの？　じゃあ、森の時みたいに犬になれば……」

「馬鹿、やめろ！」

マルは額に指を当てて、犬に戻れと念じようとしたが、レシトに妨げられる。

「ご主人様の役に立ちたいのに……」

「それなら、こんな面倒はかけるな」

ため息交じりに、レシトがマルを睨む。不意に、いい考えが浮かんだ。

「そうだ！　王妃様が悪いことしてるって、王様に言ったら？　王様はお父さんなのだから、きっとご主人様を守ってくれるよ」

すごい名案を思いついた、とマルはレシトを見上げた。

　しかし、再びレシトの機嫌を損ねたらしい。

「……あの人もわたしの死を望んでいる」

「え……」

　しかも、思いがけない言葉に、マルは目を見開いた。今度こそ、訳がわからない。王様はレシトの父親で、父親なら息子の死を望むわけがないのに、レシトは望まれていると言っていて……どういうことだ。

「王様は、お父さんじゃないの……？」

　力なく呟いたマルに、レシトが他人事のように吐き捨てる。

「そんな単純な世界ではない。いいか、二度と馬鹿なことを言わないよう、教えてやる。──王はわたしの父だが、母親は王の愛妾《あいしょう》だ。おまえにわかるように言えば、愛人ということだ。愛人はわかるか？」

「う、うん……テレビで言ってた。奥さんがいるのに、他にも好きになってしまった人。結婚できないから、愛人……」

　前の世界でご主人様と一緒に見たテレビドラマで憶えたことを思い起こす。

　レシトはそれに頷いた。

「さっき盗み聞きをしていたなら、聞いただろう。この国では、王の妃は魔素の多い者がなる。なぜなら、王は魔素の力で国を守り、王妃はそれを支えるからだ。……もっとも、ここ数代の王は王都に籠もり切りで、辺境の守りはその地の貴族に任せ切りだがな。だが、それはまあいい。とにかく、王の妃というのは魔素が豊富な者がなる。わたしの母は王の愛を得たが、魔素は王妃に及ばなかった。だから、愛人となった。そうしてわたしが生まれた。王妃が王子を産むより先に、な。しかも、のちに生まれた王妃の息子より、わたしのほうが濃い魔素を持っている。それが王妃には面白くなかった。下手をすれば、魔素の量ゆえに、わたしが次の王になるかもしれないからだ。だから、策を弄《ろう》した。母が不貞《ふてい》を働いているように見せかけ、王に訴えた。証拠もあり、王はそれを信じた。母は処刑された。わかるか？　不貞とは王を裏切り、他の男に抱かれたということだ。処刑とは、殺されたということだ」

「不貞……裏切り……」

「王は、わたしの血統を疑っている。わたしが王の子ではないのかもしれない、と。だから、疎《うと》まれている」

「ホントは、お父さんなのに……？」

マルはレシトが母親の不貞を信じていないことは、理屈でなく理解した。

レシトが鼻を鳴らす。

「……母は不貞を働いていない。あの人にとって、王の愛は権力の源だ。その権力を危うくする行為をするわけがない。わたしには、生まれた時から自我があったからな。ただの赤ん坊であれば、こんな事情など知り得なかっただろう。母親が、権力のためにわたしを大事にしたことも、な。前の世界の母親と同じだ」

それは傷ついた前の世界のご主人様と、同じ口ぶりだった。テレビに出て、人気者になって、どんどん派手になっていった母親について言う時の翔の口調と。

マルにとって、母親はいつでも無条件にマルを愛してくれた存在だった。

けれど、翔にとっては？　そして、レシトにとっては。

お金や力や権力を持つと、人間は豹変する。そんなドラマを、前の世界のテレビではよく放送していた。ご主人様は――翔は、それをマルと共に見て、よく寂しげに洩らしていた。

『お父さんもお母さんも変わっちゃった……』

人間はなぜ、変わってしまうのだろう。お金とか権力とかは、そんなにもいいものなのだろうか。

マルにはよくわからない。わかるのは、そういったことで翔が、レシトが傷ついているということだ。とっても苦しんでいる。

チュッと、マルはレシトの頬にキスをした。

「マルはね、ずっと側にいるよ。ずっとずっと、ご主人様が一番好きだよ」

「……口では何とでも言える」

拒絶する言葉だった。マルを信じない言葉だった。

「ホントだよ。ホントにホントに、ご主人様が大好き。ずっと、一生、なにがあってもご主人様が好き。ご主人様が嫌っても……」

それを想像して、マルは涙ぐんでしまう。考えるだけで悲しすぎる。

レシトが疑わしげに、マルから視線を逸らす。

「犬のくせに……いや、犬だったらまだ、信じられたか。亜人のおまえに……知恵のあるおまえに、なんの真実がある。知恵があれば、人は裏切る。変わる。わたしは、人に好かれるような人間ではない」

「そんなことはないよ。ご主人様はいい人だよ。ボクを拾ってくれたでしょう？　車から、ボクを守ってくれたでしょう？　今だって、ボクをここに住まわせてくれたでしょう？　ボクと遊んでくれるし、ボクを側に置いてくれるし。どうして、ご主人様を嫌いになるの？　ご主人様だけが、ボクのご主人様だよ」

信じてほしくて、マルは一生懸命レシトに言い募る。レシトが大好きで、それだけでいっぱいだった。

「わたしだけが、おまえの主人、か……」

レシトが呟く。マルは何度も頷いた。

「そうだよ。ご主人様のためなら、ボク、どんなことでもできるよ？　なんだってする。

だから、ご主人様、笑って？　いっぱいいっぱい、幸せになって？」

「幸せ……」

呟き、レシトが片手で顔を覆った。どこかつらそうに、眉をひそめている。

「幸せ……幸せになど…………なれるものか」

目を覆っていた手が落ちた。レシトの目の縁《ふち》が、赤みを帯びていた。忌々しげに、マルを睨んでいる。

「この部屋から失せろ。おまえの助けなど不要だ」

「やだ。ダメだよ、ご主人様。側にいる。今は側にいなきゃいけないんだ」

マルの本能がそう叫んでいる。犬だった頃と同じように、レシトの心に寄り添い、レシトの苦しみを癒す。それが、犬としてのマルの役目だった。

マルはギュッと、レシトに抱きついた。

「大好き」

「うるさい。離れろ」

レシトがマルを引き剥がそうとする。それに抗い、マルは額をグリグリとレシトの胸に擦りつける。

「やだ、やだ。ご主人様の側にいたい」

「いらんっ」

「やだ！」

きっぱりと拒絶したマルを、レシトが憎々しげに睨みつけた。どうしたら、マルを退《しりぞ》けられるか、考えているのだろう。

と、意地の悪い形に、唇の端が上がった。

「――ひどいことをされるとしてもか？」

「ひどいこと？　叩くの？　蹴るの？　でも、ボクは側にいるよ。だって、ご主人様には必要だもん」

「痛い目に遭っても側にいるか。では……犯されるのは？」

「犯す？」

首を傾げたマルに、レシトは嘲る口調で教えてくれた。

「交尾は知っているか？　大人になれば、おまえも牝犬《めすいぬ》を孕《はら》ますためにすることだ」

「それなら知ってる。子供の頃、お母さんが牡犬《おすいぬ》としているところを見たよ」

それが人間にとっては隠すべきことだとも知らず、マルはケロリと答える。

レシトは昏い目で、マルを見下ろしていた。

「それを、マルにしたいと言ったら？」

「ボクに？」

「牡のマルに、牝の代わりをしろと言っているんだ。わたしの側にいたいのなら、性欲の解消も手伝え。できるか？　男のおまえに女をやれと言っているのだ。いやだろう」

「うーん」

マルは考えた。マルは牡だから、どうやって牝になるのかわからない。けれど、レシトができると言うのなら、きっとできるのだろう。

母親は、あの時どうしていただろう。マルはそれを思い出しながら、レシトの下でゴソゴソと体勢を変えた。四つん這いになって、尻を差し出す。

「これでいい？　ご主人様がしたいことなら、なんでもしていいよ……ひゃっ！」

尻に、レシトの指が触れた。そのまま、寝衣の上から尻の孔を探られる。

「本当にいいのか？　ここに、わたしの性器を挿れるのだぞ」

「性器……あっ」

太腿に、なにか太いモノが触れた。レシトの股間だ。それはつまり、マルについているモノと同じアレのことだ。太腿に触れる感触から、マルのモノより相当立派なことがわかる。

お尻の穴に、こんな大きなモノが入るのか？

マルの背中がブルリと震えた。少し怖い。本来の役割を考えると、マルのそこにレシトのそれを入れるのは難しいように思える。痛い……かもしれない。

でも、とマルは思った。レシトはとても傷ついていて、マルのことも信じられなくなっていて、信じてほしいならマルに牝になれと言っていて。

信じてほしいし、レシトを慰めたい。側にいたい。

それならば、マルが選ぶのはひとつだ。怯える気持ちを抑え、マルはすべてを差し出す。

「大……丈夫。ご主人様、大好き……」

「大好き？　こんなことを言うわたしを、おまえはそれでも好きと言うのか。……いいや、いいや震えている。本当は怖いのだろう？　どうせ寸前になれば、本音が出る」

「怖くない。ご主人様、好き。だから……大丈夫」

ひどい言葉を吐き出しながら、マルの目になぜかレシトは哀しそうに見えた。苦しくて、もがいているように見えた。

だから、離れない。側にいる。そのためになら、なにをされても我慢する。

「ご主人様、マルのお尻、使って？　ご主人様にならなにをされても……あっ」

「馬鹿な犬め。どこまでそんな嘘が言えるか、試してみようか」

四つん這いになっていた身体をひっくり返される。マルは睨むように見下ろすレシトに、ギュッとしがみついた。


感情が荒ぶっていた。マルが馬鹿なのはわかっていたことなのに、ここまで盲目的《もうもくてき》にレシトを慕うマルに苛立ちが込み上げる。どこまでもレシトに寄り添おうとするマルに、レシトはどうしようもなく気分をささくれ立たせていた。

自分が間違っているのはわかっている。マルが飼い主であるレシトに忠実なのは、犬であればある意味よくあることだ。

だが、それをヒトの形をしたマルにされると、心が波打った。

信じられない、と頭の奥底から、小さな子供のレシトが叫ぶ。前世での生、そして今世での生、どちらもがレシトの心を傷つけていた。

もちろん、未だにそれで傷つき、心を荒《すさ》ませている自分が大人げないことはわかっている。だがそれでも、子役となって以来自分を金蔓《かねづる》としか見なくなった前世の両親、息子を王を引き止めるための道具としか見なかった今世の母親や、王妃の偽りの証拠を信じ、自分を疎んじた父王の仕打ちに、レシトの心は未だに血を流し続けていた。

親とは、それほどまでに大きいのか、とレシトの冷静な一方が嘯く。いい加減に割り切れと。

それが正解だ。しかし、どうして自分なのだ、と心が叫ぶ。前世も今世も、どうしてか家族というものに恵まれていない。今の親からは、死すら望まれている。

いや、現実に何度も死にかけた。

今回の森での出来事が初めてというわけではない。子供の頃は、何度も食事に毒を盛られた。剣の稽古と称して、死ねとばかりに乱暴なしごきを受けたりもした。毒は王妃が、しごきは王が命じたことだ。

ヴィクセル辺境伯に任じられたのも、この深魔の森を抱える辺境領で、獣魔の氾濫時にでも死ねばいいと望まれてのことだ。二年前に発生した氾濫時に、生還した自分が王宮に姿を見せた時の、王の失望した眼差し。今でも忘れない。貴族たちも、こんな面倒な立場にいる元王子の生存に、冷たい目を向けていた。

誰も、レシトの生存を望んでいない。

レシトを慮《おもんぱか》っているように見えるアザールやライエルのことも、心底では信じていない。彼らは元々、レシトを監視するために、あるいは足を引っ張るためにつけられた人間だったからだ。

人は変わる。だからこそ、レシトは他人を信じることができなかった。ただ、都合よく使うだけだ。そうして心を鎧《よろい》で固めてきたのに、マルが現れた。犬のマルが亜人となって、レシトの前にやってきた。

ヒトは信じられない。信じても裏切られる。けれども、マルは――。

「あ……あ、あ、あ……おっき、い……あぅぅ」

簡単な準備を施しただけの後孔に、強引に欲望を呑み込ませようとしているのに、嬉しげに喘ぐ。痛みに眉をひそめながら、翡翠の目は一心にレシトを見つめていた。大好きと訴えるように。

どうしてこれでもまだ、レシトを嫌わずにいられるのだ。

気がつくと、レシトの口が勝手に動いていた。

「こんなことをされても、わたしを好きと言えるか。牡のおまえを、わたしの女にしているのに……好きか」

「大好、き……好き……好き……ご主人、さ……ま」

なんの躊躇もなく、マルが応える。仰向けに横たわって、不様《ぶざま》に両足を開かされて、それでも嬉しそうに、レシトに好きと訴えた。

「ご主人……様……好、き……あぁっ！」

根元まで、マルの細い身体に己の剛直を捩じ込む。マルは顎を上げて仰け反り、その衝撃に耐えた。

ふと下腹部に目を落とすと、こんな悦びの欠片《かけら》も与えない乱暴な行為なのに、マルの果実がプルンとそそり立っている。薄いピンク色をしたそれは、マルの心根を表すように、無垢《むく》で愛らしかった。知らず、レシトはそれを握っていた。

「……あんっ」

マルの声に、甘さが混じる。性器に触れられて、なにがしかの快感を得ているのだろう。同時に、痛みにひくつきながらレシトを咥え込んでいた肛壁が、淫《みだ》らに蠢《うごめ》く。

「こんなことをされて、気持ちがいいのか？」

　無垢なマルをいたぶりたくて、レシトはわざとむごく、そう訊いた。マルの腰がピクピクと跳ねる。握った性器を扱《しご》くと、ピンク色だった頬がさらに上気し、翠の瞳が潤《うる》んだ。

「気持ち……い、い……あん……ご主人様……身体の中、いっぱい……嬉しい……」

「……馬鹿な犬め」

　腹が立ち、レシトは片手でマルの果実を扱きながら、挿入した腰を動かし出す。強引に半ばまで引き抜き、相手の様子になど斟酌《しんしゃく》せずに突き上げた。それを何度も繰り返す。

「あんっ……あんっ……あんっ……ご主人様、好き……っ」

　こんなことをされても、まだマルは口走る。夢見るようにうっとりとレシトを見上げ、本能でわかるのか、自分からも腰を動かして、レシトの悦びに奉仕する。

　ツンと存在を主張する胸に、レシトは歯を立てて吸いついた。

「いっ……あぁぁ……っ」

　歯が当たって痛みがあっただろうに、マルは抗議しない。それどころか、胸にしっかりとレシトを抱きしめ、レシトの動きに合わせて、腰を揺らした。従順で、愚《おろ》かなマル。

　なぜか、レシトの視界が歪んだ。涙が、マルの鎖骨に落ちる。

　マルの身体は温かい。マルの肉奥を突き上げる性器だけでなく、全身がマルに包まれ、抱きしめられている錯覚《さっかく》を覚える。

自分はひどいことをしている。けれど、マルはレシトを嫌わない。憎まない。

心に、じんわりとしたものが広がる。感じたくない温もりだった。また涙が落ちる。

「……マル、ずっとわたしの忠実な犬でいろ」

「う、ん……ふ、っ」

当たり前のように答えたマルの唇を、レシトは乱暴に奪った。その日、初めての口づけだった。

§第五章

翌朝、レシトの寝台にいるマルはアザールに発見された。

「……伯爵様！」

非難の声を上げるアザールに、レシトが面倒そうに起き上がる。

「女を引っ張り込むよりはいいだろう。これが相手なら、身ごもる心配はない」

「それは、そうですが……」

眉をひそめながら、アザールはわずかに心配そうにマルを見遣る。

マルは怒られないかとビクビクしながら、アザールを上目遣いに見た。

「ご、ごめんなさい……いっつ」

起き上がろうとして、下肢の痛みに思わず声を上げる。

「断れなかったのですか、マル」

渋い顔をするアザールに、マルはまさかと首を振る。

「どうして？　ご主人様にしてもらうことなら、どんなことでも好き。それに、あれをすると身体がご主人様の匂いでいっぱいになるんだね。とっても……嬉しかった」

うっとりと、マルはため息をつく。マルは牝ではないから、レシトの子供を孕めないのは残念だが、行為をするとレシトの匂いでいっぱいになる。身体の外も、中も。それがとても幸せだった。

「匂い、か。マーキングでもされたつもりか」

「は？　伯爵様、なんと仰せられましたか」

小さく呟いたレシトの言葉を聞き咎め、アザールが問いかける。それにレシトは軽く首を振って、なんでもないと答えていた。

――マーキング。

その言葉が、マルの心にストンと落ちる。まったくその通りであった、と思う。一等匂いの強い子種を腹の中に蒔《ま》いてもらい、身体の中からレシトのものだとマーキングしてもらった。嬉しくて、ついせがんでしまう。

「ご主人様。今度はいつ、してくれる？　ご主人様の性……ふぐっ！」

性器が気持ちよかったと続けようとした口を、レシトに乱暴に塞がれる。

「黙れ！　閨《ねや》でのことをそう容易《たやす》く口にするな。――アザール、今の遣り取りはおまえの胸のうちにだけ収めておけ」

「……かしこまりました」

「人には言ってはいけないの？　アザールはもう見てるのに？」

なんとも気まずい様子で一礼したアザールを横目に見ながら、マルは無邪気に問いかける。たしかに、最初は少し怖かったけれど、途中からはなにがなんだか……つまり、気持ちよくて、レシトも終わったあとに少しすっきりしたみたいで、心の中の黒いモヤモヤが薄くなったような、そんな感じがした。紫水晶の瞳が、昨日より明るい気がする。

それなのに、言ってはいけないのか。少し残念だ。

そんなふうに思いながら首を傾げるマルに、アザールは渋面《じゅうめん》となり、レシトは額を押さえた。

「夜のことは、二人だけの秘密だ。人間は、こういうことは他人には話さないものだ」

「二人だけの秘密」

素敵な秘密の二つ目だ。そういうことならば我慢する。

「わかった。誰にも言わない」

口を両手で押さえ、マルは頷いた。けれど、自然と口元は笑みを浮かべてしまう。

「……伯爵様、よろしいのですか?」

アザールが控え目に問いかけるが、マルは気にかけなかった。とにかく、レシトのモヤモヤが薄くなった。それが大事だった。

「忠実な犬だ。大丈夫だろう」

ため息交じりのレシトの答えを聞きながら、マルはその胸にすり寄った。マルも幸せで、レシトの憂《うれ》いも消えて、最高の一日の始まりだった。

ただし数日、マルの腰は痛み続けた。

十日ほど間を空けて、カヴェルグの羽根を採集しに巣へ向かった。それから空気が温むのをギリギリまで待ち、オルタルタリの蜜の採集に向かう。

そのすべてに、マルはついていった。最初の遠征でマルが役に立ったことをレシトが告げたからか、なんとか許され、レシトの安全に目を光らす。どの遠征にも、あのオトクル一派がいたから、マルとしては気を抜けなかった。

春が近づいた頃、やっとすべての素材が揃い、レシトはそれらを王都に送る。無事にすべてが済んだことを、マルだけでなく、ライエルもアザールも安堵《あんど》していた。

アザールとの関係は、ちょっぴり改善している。マルはあの初めての夜から時々、レシトのベッドに呼ばれており、朝に何度も、抱き合って眠ったしどけない姿をアザールに見られているからだ。その時の姿のあまりの間抜けさに、一応警戒していたアザールもしだいにマルを受け入れるようになっていった。

もっとも、口うるさいのは相変わらずだ。

「マル、髪が跳ねています。側仕えとして、もっと身なりに神経を使いなさい！」

とか、

「マル、伯爵様と二人の時ならば、なにも言いません。しかし、そうでない間は、自分が亜人であるということを忘れてはいけません。犬ではありません。誇りある亜人ですよ」

などと小言を言われる。ヒトというのは、なかなかに面倒臭い。

けれども夜になれば、毎晩ではないけれど、レシトの匂いを身体の中にまでつけてもらえる。全身がレシトの匂いに包まれる心地よさに、マルはすっかり嵌《はま》っていた。

「ご主人様。ご主人様の匂い、欲しいです。もう四日もしてないし……」

「そんなにわたしの匂いが欲しいか。変な奴だ」

「だって……ご主人様にしてもらうと、身体中からご主人様の匂いがして……幸せなんだもん。ご主人様は……ご主人様は、マルのこと、嫌い？」

そう言うと、だいたいレシトは無言になる。ただ、好きとか嫌いとか言う代わりのように、乱暴にマルを抱き寄せるから、嫌われていないと思えるのだ。そして、キスをくれる。

「ご主人様……ぁ、んぅ」

キスは大好きだ。レシトの顔中を舐めるのは、犬だった頃から好きだったが、唇と唇を合わせるとうっとりする。舌と舌を絡めて吸い合うと、腰の深い部分がジンジン疼《うず》いた。

それは気持ちいいというのだと、マルはレシトに教えられた。

「……ん、はぁ……キス、好き」

「そうみたいだな。もう、勃《た》っている」

そうして服を脱げと命じられて、マルはいつもいそいそと裸身になる。

裸になるのを恥ずかしがらないマルに、レシトは眉をひそめていたが、当然だ。犬だった頃はずっと生まれたままの姿で過ごしていたのだから、亜人になった今だって、裸を恥ずかしく思う気持ちは、マルにはわからない。

しかし、レシトは恥ずかしいらしい。交尾をする相手にしか見せないものだと言う。だから、マルには見せてくれるのか、と嬉しくて、寝台に上がったレシトの裸の身体にキスの雨を降らせる。最後はもちろん、大切なご主人様の一番大切な部分だ。

「ん……なんでも憶えるな、マルは」

「ふ、ん……ひょれ、しゅき」

レシトの大きな性器を咥えながら、マルは舐めるのが大好きだと告げる。特にここは、レシトの匂いが一際強く感じられて、舐めているだけで頭の芯がボーっとしてくる。続けると、美味しいとすら思えてくる。

一生懸命舐めている間に、レシトがマルの後ろを、潤滑剤《じゅんかつざい》を使って柔らかくしてくれる。交尾をするためだが、最初の時よりもずっと念入りにしてくれるようになっていた。

レシトには言わないけれど、最初の時はちょっぴり痛かったのだ。

だが今は、痛くない。それどころか、レシトに交尾をしてもらうと、気持ちよくて気持ちよくてたまらない。最初の時だって痛いばかりではなかったから、やはりこれは大好きなレシトにしてもらえる嬉しさが、感じさせるのだろう。

「――もういい。四つん這いになって、尻をこちらに向けろ」

レシトが命じる。命じられることもまた喜びで、マルはゾクゾクしながら、レシトの言う通りにした。ただし、レシトがマルの中に挿れやすいよう、上半身を下げ、下半身をころもち高く掲げる。

「どうぞ、ご主人様」

潤滑剤で濡れた後孔をレシトに捧げ、マルは次に来るはずの行為を待った。が、いつもならすぐに後孔を割り開いてくるのに、なぜかレシトが触れてこない。

不思議に思って振り返ると、レシトがじっとマルの尻を見つめていた。

「小さな孔だ。ここが、わたしを咥え込むとは……」

呟いた言葉に、背筋がビクンと震えた。なんだろう、いつもレシトを挿れてもらうところが、ヒクヒクする。指先にそっと触れられて、胸がズクンとした。

「……ゃ」

「どうした？」

腹につくほど反り返っていたマルの性器から、蜜が滲みだした。肌が赤らむ。

「も……ゃ……早く、挿れて……ご主人様……っ」

ふっと、レシトが吐息だけで笑った。

「見られているのが恥ずかしいのか、マル。恥じらいを憶えてきたか」

「知らない。恥ずかしい……わからない。も、見ないで……挿れて」

マルはなんだか訳がわからなくなり、レシトにせがんだ。いつもと違う感覚に戸惑った。

レシトの長い指が背筋を辿る。片手は背筋を、もう片方は尻穴を撫でる。

「こういうのも悪くない。少し、人間に近づいてきたな、マル」

「人間って……？　あっ……あ、あ、あ」

ゆっくりと、身体を開かれる。レシトの剛直が、やっとマルの肉を犯してくれた。

「んっ……全部入った。気持ちがいいか、マル？」

支配者でありながら、どこか甘さと熱のこもった声に、マルの身体の芯が震えた。

背後から抱え込まれながら尖った胸の先を軽く弾かれ、マルは詰まった喘ぎを洩らした。

「あぅ、っ……気持ち、い、い……んっ、んっ……ご主人様……気持ち、い……っ」

どうしよう。いつもとても感じるのだけれど、今日はもっと感覚が鋭くなっている。

気持ちがいい。身体の奥深くに感じるレシトの欲望に、マル自身も熱くなる。

「あっ……あっ……あっ……」

やがて力強い律動が始まり、マルは頭の中までグチャグチャに掻き混ぜられるような心地に浸る。身体の中をレシトに穿たれ、どうしようもなく気持ちいい。

「あっ……あっ……ご主人様ぁ……」

「マル、自分で自分の性器を握ってみろ。扱くんだ」

レシトに命じられ、マルはシーツに頬を押しつけながら、懸命に自身の果実を握った。握りしめた瞬間、レシトを咥え込んだ後孔が、キュッと窄まった。

「……んっ」

レシトの息遣いが荒くなる。マルがこうすると、レシトも気持ちいいのだ。

「ご主人様……気持ち、い……？　……あんっ」

そっと自身を扱くと、マルの身体はその快感に反応し、さらにレシトを締めつける。そうすると、身体の中のレシトがググッと逞《たくま》しくなる。

「くっ……いいぞ、マル」

マルを穿つ動きが激しくなり、胸に回った手が乳首を弄《いじ》る。抓《つま》んで、転がして、撫でて、マルの全身をビクビクと震わせた。身体の内側からカッと熱くなる。マルで気持ちよくなってくれるのが嬉しくて、同時にムズムズする。

交尾に恥ずかしいという感情はなかったはずなのに、レシトに奉仕する自身の行動に、なにか訳のわからないものが込み上げるような。そうして、その感情を感じると、キュンと全身が戦慄《わなな》くような切なさを覚え、よりいっそう快楽が高まった。けれど、高まるのが少し……恥ずかしい。

「あ、あ、あ……あぅぅ、出ちゃうぅ……」

「我慢しろ。わたしがイくまで……っ」

命令に、マルが応じないわけがない。片手で必死に根元を締めつけながら、もう片方でコシコシと果実を擦り、柔らかい肉襞で懸命にレシトに奉仕する。両手が使えないから、肩で、マルは自身を支えた。

その肩をずり上げるように、レシトが強く、腰を打ちつけてくる。肌と肌の合わさる音が、マルのなにかをいっそう高めた。

——あ、あ、あ……いやらしいこと……して、る……。

そんなふうに思うのは、初めてだった。なぜか、より感度が増して、もっと恥ずかしいことになる。肉奥を穿つレシトも、より猛々しさを増す。

「あっ……あぅ、ご……主人さ……ま、気持ち……い、い？」

それならば、この恥ずかしさも、困惑も、いいと思える。レシトが気持ちいいと思ってくれるなら。

レシトの興奮交じりの吐息が、マルの耳朶を打つ。

「ああ……いいぞ、マル。んっ……どうしておまえは……くっ」

ドクン、と身体の奥でレシトの怒張が膨張した。

来る。マルは夢中で自身を扱いた。

「……マル、っ‼」

「あぁ――――……っっ！」

激しい放埓が、マルの肉奥に叩きつけられる。それに合わせて、マルも自身を解放した。過ぎた快感に、キンと耳鳴りがした。束の間、意識が白濁する。

やがて、レシトの激しい息遣いを首筋に感じ、マルは甘く弛緩した。身体の奥が、レシトの匂いでいっぱいだ。

「ご主人……様、ありがと……ございま、す」

今夜もたっぷり交尾をしてもらえたことに礼を言う。

レシトは答えなかった。ただ口の中でなにか呻き、マルの首筋に歯を立ててくる。

「……ぁ」

「馬鹿な犬め」

今度は聞こえた。罵りは、しかし、ご褒美だった。続けて仰向けにされ、再びレシトに挑まれた。両手をベッドに広げて降参のポーズを取り、マルは思慕だけを湛えた潤んだ瞳で、レシトを見つめる。

「ご主人様、大好き……あんっ」

挿入したままの剛直を乱暴に揺すられ、マルは悦びの声を上げた。レシトにされることはなんでも、マルにとっては悦びだった。

「――メイドの一人を、買収しようとしておりました」

アザールの報告に、レシトは薄く唇の端を上げた。

「また毒でも盛るつもりか」

「させません」

決意を秘めた眼差しで、アザールが答える。初めは監視者の一人であったのが、変わったものである。

――能力の高い人間を好む、と言ったか。

鞍替《くらが》えをすると言った時のアザールは、ひどく頭の高い振る舞いだった。その時の言い分によると、先の辺境伯を獣魔の氾濫で亡くし、荒廃した領地を立て直したレシトの手腕が気に入ったらしかった。それを堂々と言ってのけたのだから、食えない男だ。ただし、それ以来一応、レシトに忠義を向けている。

誰に対しても一線を引いているレシトにしてみれば、理由はどうあれ使える間は使うだけだ。

そのアザールの報告に苦笑するしかない。またもやレシトの殺害を試みるなど、王妃側はずいぶん焦っているようだ。

――臣籍に下ったのだから、それほど焦ることもないものを。

そもそも、レシトに王位への野心はない。自分のほうが魔素量が多いとはいえ、処刑された愛妾の子である自分が王になるなど、面倒な未来しか見えなかった。

それに権力など、つまらないものでしかない。

前世でも、今世でも、暮らしに困りはしなかったが、それで幸せかと言われたら、違った。金は、前世の翔を幸福にはしなかったし、権力は今世のレシトを追いつめただけだった。どちらの生も、いいものではない。

「目をつけられた使用人は、金を与えて逃がしてやれ」

「オトクル騎士はいかがいたしましょう」

敵であっても、敬語を崩さない。アザールは不遜《ふそん》な本質を、礼儀で隠す男だった。

「放っておけ。どうせ、たいしたことはできない。おまえもライエルも、警戒しているのだしな」

そう投げやりに言うと、アザールが渋い顔をする。

「命をお惜しみくださいませ。マルでは、お心をお慰めする力はありませんか?」

マルの名を出され、レシトは不機嫌になる。マルについて、余人に触れられたくなかった。

「あれのことは、おまえには関係ない」

「そうですか。最近少し、お顔の色がよくなったように思いますが」

しれっとしたアザールの言葉に、レシトはムッとする。三十二歳のアザールは、レシトの十一歳年上だが、前世の年齢を合わせれば、同年代といってもよい。けれど、子供の経験を二人分重ねたのと、大人としてきちんと歳を重ねてきたのとでは、やはりどこか違いが現れるのだろう。時々、心中を見透かしたような指摘をされ、不愉快だった。

「……別にマルを寵愛《ちょうあい》しているわけではない」

「無論《むろん》です。気晴らしでしょうが、安堵しております。辺境伯としての務めは大切ですが、あまりにそればかりでは心配ですので」

「心配される謂《いわ》れはない。当然のことをしているまでだ。マルは……ただの手慰みだ」

「その手慰みは、格別に伯爵様を慕っているようで。伯爵様に何事かあれば、悲しみましょう。どうぞ、お気をつけくださいませ」

「くどい」

手を振って話を終わらせようとするレシトに、アザールは顔色一つ変えず、再度オトクルのことを言ってくる。

「警告を与えましょうか？」

ため息をつき、レシトは釘を刺した。

「それで気が済むなら、そうしておけ。ただし、怖気づいて逃げ出すほどの警告は与えるな。誰が監視者かわからなくなるようでは面倒だ。敵はわかっているほうが見張りやすかろう」

「かしこまりました」

ニンマリと笑って、アザールが一礼する。

「ところで、夏の王都行きはマルを同行させますか？」

さきほど、くどいと打ち捨てた意趣返《いしゅがえ》しだろうか。答えがわかっているだろう問いをわざわざすることにムッとしながら、レシトはできるだけ表情を動かさないで答えた。

「側仕えが側にいなくて、どうする気だ」

「承知いたしました。マルの夏の衣装も用意いたします。王都の人間に負けぬものを」

「……勝手にしろ」

今度こそ下がれ、とレシトはアザールに手を振った。一人になって、ため息をつく。

王妃選定の儀には、臣下に下ったとはいえ、元王族の一員として、登城しなくてはならない。領地を空けるのはやや不安だが、それも王家の血をひく者の務めだった。

ただ、王都ではここにいるよりももっと危険にさらされるだろう。王妃はより露骨《ろこつ》な手を打ってくるだろうし、それを王は止めないだろう。マルの存在も……。

「知られては危険、か」

今まで、高級娼婦くらいしか寝所に呼ばなかったレシトに、定期的に相手をさせる者ができたと知れれば、王妃が利用する危険がある。

それならば、マルは領地に置いていくかと思いかけ、いや、と考え直した。レシトが王都に向かえば、どうしても領地は手薄になる。そんな場所に残すほうが不安だった。やはり、王都に連れていくしかない。せめて、閨を共にするのは控えるべきか。

ため息を、レシトはついた。あの無垢な目で求められたら、拒める自信がない。

最初は腹いせに抱いたが、とっくに腹いせではなくなっていた。マルにせがまれる形で抱いているが、マルを抱くのは……悪くない。なにより、一心にレシトを信頼するあの瞳がいけなかった。つい、犬のマルの記憶と重なり、信じてしまいそうになる。

「弱いな、わたしは……」

レシトは眉間を押さえた。マルにせがまれているから抱いているのか。手放せないから抱いているのか、考えたくなかった。

辺境の春は、ゆるやかに初夏に向かおうとしていた。


メッセル王国東南地方――。

広壮な屋敷の地下に、品のいいドレスを纏った少女と、その母親らしきややふっくらとした女。さらに、父親らしき身分ある男とその側近が集まっていた。

「――さて、確認しようか」

父親らしき男が言い、側近が水晶玉を地下室に設《しつら》えられた棚から出してくる。中央のテーブル上の台座にそれを置き、少女に頷いた。

「力を込めて、触れてみなさい」

「……はい」

少女は緊張のためか、コクリと唾《つば》を飲み込み、両手を強く握りしめる。それから覚悟を決めたようにテーブルに歩み寄り、両手で水晶玉に触れた。

最初、水晶玉はなんの反応も示さなかった。

失敗か、と大人たちが落胆しかけた時、水晶玉の奥が光り出す。小さな光点は見る見る大きくなり、やがて虹色の輝きとなって地下室を照らし出した。

「お父様……！」

少女が喜色《きしょく》を浮かべて、男を振り返る。男も、そして寄り添っていた女も、満面の笑みを浮かべて少女を見つめていた。

§第六章

夏の始め、マルたちはヴィクセル辺境伯領から、王都へ上京した。王妃選定の儀に立ち会うためだ。

辺境伯領しかこの世界のことを知らなかったマルには、物珍しい旅だった。

そうして到着した王都は、さすが都だけあって一際人間——亜人の数は辺境よりもやや少ない——が多く、マルたちの乗る竜車や地竜に騎乗した護衛たちが通るのにも、人込みを避けながらで、竜たちの足並みもゆっくりとしたものになる。

とはいえ、東京の街並みほどではない。外国風の建物の物珍しさも、王都に来るまでの街ですっかり見慣れていて、驚くほどではなくなっていた。

下町から商業街、裕福な平民が暮らす街区、それらを抜けて貴族街への門を通り抜け、さらに貴族街でも王宮に近い位置の屋敷に、マルたち一行は入っていった。

辺境では武骨《ぶこつ》で、堅牢《けんろう》さを重視していた城砦や館も、王都に近づくにつれて見た目を重視した瀟洒《しょうしゃ》な造りのものが増えていく。王都の貴族街の屋敷群はその最たるもので、華やかで重厚、あるいは繊細で美しい屋敷が立ち並んでおり、ヴィクセル辺境伯の屋敷はその出身を思わせる力強さを見せつつ、王都風の豪奢な屋敷だった。

「おぉぉ……すごい」

　感嘆の声を上げ見上げていると、アザールに呼ばれる。

「こちらに来なさい、マル。皆におまえのことを紹介します。それから、伯爵様の部屋に領地から持参した物を運びます」

「はい！」

　アザールによって、マルは王都の屋敷の使用人たちに紹介され、そのあと忙しく働いた。

　王都に到着した翌日から、レシトには様々な社交の予定が入り、夜は夜会に出かけていた。

　レシトを見送り、身支度に使用した物を片付けながら、マルはアザールに訊ねた。

「夜会って、なにをするの、ですか？」

　一時期、乱れに乱れていたマルの言葉遣いも、王都に向かう一行に含まれると決まってから、アザールに徹底的に直され、たどたどしさは否めないながらも、なんとか使用人風に話せるようになっていた。

「そうですね。マルにわかるように言うと、ダンスをしたり、歓談したり、食事をしたりしますよ」

マルは小首を傾げる。踊って、お喋りして、ご飯を食べてということは……。

「それって……お祭り？」

そう言うと、アザールがやれやれと言いたげにため息をついた。

「平民のように品のない集まりではありません。もっと上品な集まりで、そうやって人を集めることで情報を収集したり、逆に情報を発信したりするのに利用するのです」

また、マルには難しい話になる。

「楽しい集まりなのに、仕事する……のですか？」

「貴族にとって、知識は命綱のようなものです。一見遊びに見えるものでも、実は大切な情報収集の場であることがほとんどなのですよ」

「なんだか難しい……です」

唇を窄めて、マルは視線を落とした。アザールのようにそうしたこともちゃんとわかって、レシトの役に立てるようになりたいのだが、サクリャクとかオモンパカルというのが、マルには少し難しい。

そもそもマルにとって、人間は不可解な部分のある生き物だ。マルにしてみれば、思ったことを正直に伝えるのは当たり前のことで、そこに嘘や企みなどいっさいない。

けれど、人間は嘘をつく。他人を騙したりもする。

どうして素直に、思ったことを伝え合わないのだろう。勘繰《かんぐ》ったり、探ったり、そんなことばかりして、面倒ではないのだろうか。

そんなふうに考えて、しょんぼりしながら服を畳むマルに、装飾品を片付けていたアザールがため息をつく。

「まあ、そういったことはわたしが考えます。おまえは、伯爵様をお慰めすることだけしていればけっこう」

「慰める……うん」

アザールに言われると、ちゃんと自分にもレシトの役に立てる仕事があるようで、勇気づけられる。

そうだ。また頑張って、レシトにいっぱい気持ちよくなってもらおう。

そう言おうとして、寸前でマルは口を塞ぐ。

そうだった。閨でのことは、二人だけの秘密なのだ。他人には言ってはいけないことだと、最初にレシトに教えられた。ちゃんと守らなくては。

マルは口を両手で押さえたまま、アザールにコクコクと頷く。

「どうしたのですか、マル？」

「……閨でのことは言っちゃダメ、です」

アザールが額を押さえ、天を仰ぐ。

「あなたという人は……。言わないよう、努力したことはよしとしましょう。しかし、こういう時は無難に、『努力します』とでも言えばよろしい。閨などと発言することも、伯爵様を貶《おとし》めることになります」

窘められ、マルは驚く。閨について言わないと発言するだけで失敗だったとは思わなかった。しかも、レシトを貶めることになるなんて、絶対にいけない。

「き、気をつけます！」

「そうしてください。おまえが伯爵様の閨の相手を務めていることは、公《おおやけ》にはしていません。気づかれるようなことをするのも、口にするのも、いけません。これは絶対です」

「はい……はい！」

マルは何度も頷いた。今まで自分がなにか失敗をしていないか確認し、とりあえず、朝に見られてしまうアザール以外には、レシトとなにをしているか、誰にも言っていないことを確信する。マルだってそこまで馬鹿ではない。

マルはレシトと交尾をしているが、牡だ。レシトも男だから、人間同士ではあまり大きな声で言ってはいけない行為なのだと知っている。十六年も人間の世界で暮らしていれば、犬でもそれくらいはわかるのだ。たとえ、ご主人様にたっぷりマーキングしてもらって嬉しくても、安易に他人に言ってはいけない。言いたいけれど、我慢だ。

「大丈夫、です。言ってはいけないと、知ってます。でも、アザールさんは知っているから、つい……」

「それならいいです。気をつけてくださいね」

「はい」

肝に銘じて頷き、アザールの話は終わる。

片づけが済めば、夕食だ。レシトが夜会から帰ってくる前に食事を終え、帰宅後の着替えや入浴、ベッドの仕度などの仕事に備えなくてはならない。

レシトが戻ったのは、深夜に近い頃合いだった。今夜は月が二つ昇っている時期で、夜道は明るい。

「お帰りなさいませ」

マルはアザールと共にレシトを出迎え、足早に寝室に向かうレシトについていく。アザールも一緒なのは、浴槽に湯を溜めたり、茶を求められたりした時に、簡単な魔法を行使するためだ。なぜだかマルは、魔素はあっても魔法を行使することができないからだ。

レシトは、元はここととは違う世界で生まれたからかもしれないと言っていたから、そうなのだろう。

アザールに浴槽の支度をさせると、レシトはもういいと、彼を下がらせる。アザールが寝室を下がってから、少し疲れた様子で、マルに夜会服の脱衣を手伝わせた。

レシトの服を脱がせながら、マルは鼻をスンと鳴らす。香水の匂いがする。それから、濃密な牝の臭いも。少し、発情した感じだ。

我知らず、マルは得意げに微笑んだ。マルのご主人様は強くて、恰好よくて、どんな牝──いや、人間の場合は女と言わなくてはいけなかった。そう、どんな女でも、ご主人様が欲しくてたまらなくなるに決まっている。

「どうした、マル？」

明らかにニマニマと笑っているマルを不審に感じたのだろう。レシトが訊いてくる。

隠し事や嘘をつくという芸当《げいとう》ができないマルは、もちろん素直に答える。

「ご主人様に発情したメ……女の臭いがして、嬉しかったのです。良い番い……じゃなくて、妻？　結婚相手の女の人はいましたか？」

ワクワクしながら、マルはレシトを見上げた。レシトの番い相手なら、マルにとっても主人になる。どんな主人なのか、早く知りたい。

しかし、レシトは顔をしかめていた。

「妻？　……おまえはそれをわたしに望むのか？」

「だって、人間は妻を持つものでしょう？」

キョトンとして、マルは目を瞬く。

「……おまえは、わたしに妻ができても平気なのか？」

「んん？　平気、ですよ？」

レシトがなにを言っているのか、よくわからない。どうして、レシトに妻ができて、マルが不愉快になると思っているのだろう。

「おまえはわたしが好きなのではないのか？」

「もちろん、です！　ご主人様が、いっとう大好きです！」

ブンブン尻尾を振って、好意を伝える。それなのに、レシトはますます渋い顔になる。

「好きなのに、わたしに妻ができていいのか」

「？？？」

なにが引っかかるのだろう。首を傾げて見上げていると、レシトがマルを抱きしめた。

「妻ができたら、おまえとはもうこういうことはしないかもしれないぞ」

そう囁かれ、マルは驚いて目を見開く。レシトの肩にしがみついて、慌てて訴えた。

「結婚相手ができたら、もうボクに匂い付けはしてくれないの、ですか？　ボクはご主人様のものだって、印をつけてくれないのですか？」

「匂い付け？」

険しく訊き返したレシトに、マルは無邪気に答えた。

「伯爵様はボクのご主人様だから、してくれたのでしょう？　ボク、亜人になれて本当によかった。犬のままだったら、匂い付けまではしてくれなかったよね……じゃなくて、ですよね？」

レシトに閨で行われる行為が嬉しくて、マルの尻尾がブンブンと振られる。それなのに、レシトはなぜかますます不機嫌そうになる。どうしてなのだろう。

「匂い付けというなら、もし……おまえに妻にしたい犬が現れたら？」

問われ、マルは「う～ん」と考え込む。

「どう……なのかな？　今まで、そういう相手はいなかったから……。でも、番う相手がいたら、子供作らなくっちゃ。そういうものですよね？」

レシトだってそうする。生き物とは、そういうものだ。

無邪気に言うマルに、レシトはどこか愕然とした様子で、抱きしめる手を離した。

「……わたしがダメだと言ったら？　おまえに、牝に種付けするのは許さないと言ったら、どうする」

そんなこと、答えは決まっている。マルは即答した。

「それなら、しない！　だって、ご主人様は、マルのご主人様だもん。匂い付けもいっぱいしてもらったし」

思い出すと嬉しくて、赤らめた頬を両手で挟む。子供はできなくても、レシトに自分のものだと印をつけてもらうことは、マルの喜びだった。だから、とレシトに甘えてしまう。

「奥様ができても、たまにでもいいので……ボクを閨に呼んでください。ご主人様の匂いをいっぱいつけてほしいです」

「妻がいてもいいのか？」

「だって、妻と飼い犬は違うでしょう?」

「飼い犬……そうか。おまえは飼い犬だったな……」

なぜか、レシトが額を押さえて、そう呻いた。なにが、気に障《さわ》ったのだろう。

「ご主人様? ボク、なにかいけないことを言いましたか?」

「――妻ができたら、わたしはおまえを抱かないだろう。妻となる女が、おまえを抱くことを許すと思うか?」

「それは……」

マルは驚いた。主人が飼い犬にする匂い付けを、妻が許さないかもしれないなんて、考えてもみなかった。

だって、匂い付けは匂い付けなのだ。子作りではない。マルだって、番う相手ができても、レシトとのことはまた別の話だと思っていた。

それなのに、レシトは妻ができたら、もうマルに匂い付けをしてくれないなんて――。

とてもショックで、マルは呆然とした。

そのマルの肩を、レシトが出ていくように押しやる。どこか素っ気ない仕草だった。

「あとは自分でやる。おまえはもういい。下がれ」

「え……ご主人様……?」

マルはよろめき、頼りなくレシトを見上げた。しかし、レシトはもうマルを見ない。裸身となって、一人で浴室に入ってしまう。

マルはあとを追いかけようとしたが、「来るな!」と命じられてしまった。

命令には逆らえない。マルは困惑して、その場に立ち尽くしていた。


苛立ちが募っていた。

理由はわかっている。マルを抱かなくなったからだ。

レシトは、表面上は穏やかな微笑みを浮かべながら、ナイフとフォークを上品に使用して、面白くもないディナーを摂っていた。

目の前にいるのは、異母弟だ。王妃イレーネの産んだ第二王子にして、王太子セラスだった。彼に招かれて、広大な王宮内にある王太子宮で、レシトは夕食を共にしていた。

セラスはレシトより一歳下の二十歳。頃合いの年齢ということで、この夏、王妃選定の儀により、妃が決まる。

それより年上のレシトに妻どころか、婚約者もいないのは、わざとだ。王妃の悪意が王を動かし、レシトを独りにしていた。

もっとも、妻など決められても、どうせ王妃側の息がかかっているだろうことは想像に難《かた》くないので、独り身でいられるのは都合がいい。

ただ、とレシトの思考が澱む。マルに『匂い付け』と天真爛漫《てんしんらんまん》に言われたことが、自分でも思いがけなくショックだったようだ。

いや、それを言えば、レシトだってマルが愛しいから抱いていたわけではない。

それなのに、ショックを受けたことが、またショックだった。

たしかにマルには慰められた。自分を一心に慕う様子、従順にどんな求めにも応じる様に、ささくれ立っていた心が宥められたことは事実だ。だが、けしてマルを愛してはいない。それなのに、平気で妻を望むマルの態度に、自分はなんと思った。

——わたしは、なにをあれに望んでいる……。

自分はマルを愛しい者として扱わないくせに、マルにはレシトを特別——恋人のように思ってほしかったのか。

——馬鹿馬鹿しい。

たかが犬に、自分はなにを求めている。ましてやマルは、亜人というよりも犬の意識のほうが強いというのに。だからこそ、マルは寝室での行為を『匂い付け』などと口にするのに。

「兄上のお好きなロサの肉を用意したのですが、いかがでしょう」

冷たい印象のあるレシトと異なり、物柔らかな雰囲気の異母弟が、にこやかに訊いてくる。ロサは豚に似た生き物で、脂身が甘く、レシトが好む種類だった。

招いた側としてそつのない気遣いを示すセラスに、レシトはそっと息を吐く。母親である王妃イレーネと異なり、セラスは事あるごとに、レシトに対して好意を示してきた。それが本心からか、あるいはこれ以上の騒動を起こしたくないからかは知らないが、レシトとしては悪意を向けられないだけで、充分だった。

「好みを憶えていただくなど、畏《おそ》れ多いことです。大変美味しゅうございます」

「兄上、ここには余人はいないのですから、もっと兄弟らしくお話しください。ヴィクセル辺境伯領に向かわれてからなかなかお会いできず、久しぶりの会食が嬉しいのです」

プラチナブロンドのレシトと違い、シルバーブルーの髪をしたセラスだったが、瞳の色はレシトのアメジストと、セラスの菫色で、風合いこそ多少違うが、同じ色をしている。

王家の人間には紫の瞳が多く、それゆえに、出自を疑われつつも、レシトが排斥《はいせき》されなかった。

しかし、セラスはさすがに王家の生まれだ。余人はいない、と言ったが、給仕をする使用人はいる。それはヒトの数に含まれないということだろうか。その中に、王妃や王に繋がっている者がいないとも限らないのに。

それとも、ここで使用する者たちには、セラス自身への忠誠を誓わせているのか。

いずれにしろ、気は抜けない。どこからどう、王や王妃に伝わって、臣籍に下った人間が王太子に無礼を働いたなどと咎められては面倒だ。レシトは軽く頭を下げた。

「申し訳ありません。わたしと殿下では、すでにご身分が違います。どうか、ご容赦《ようしゃ》を」

慇懃《いんぎん》に謝罪したレシトに、セラスが小さく息を吐いた。

「仕方がありませんね。父上が、兄上を辺境伯になどしなければよかったのに。たった二人きりの兄弟なのですから」

「思し召しはありがたいことながら、そう口にされれば、王妃様が御不快になられましょう」

「ああ、母上……。しようのない方です」

セラスが首を左右に振る。いずれ王になるセラスからすると、愛妾にいちいち悋気《りんき》を起こす母に思うところがあるのだろう。

いずれ、セラス自身も王妃以外の愛妾を持つ可能性がある。その時、イレーネのような女性が王妃では、後宮が治まらないと考えているのかもしれない。王であれば、好みで愛妾に召し上げることもあれば、政略で受け入れることもある。それらの女性を治めるのも、王妃の器量だった。

「今も、陛下の後宮は……?」

騒がしいのか、と言外に含ませ訊ねると、セラスがうんざりしたように肩を竦める。

「コリーニ様と相変わらず、ね。どちらももういい年なのに、落ち着かないことです」

いい年と言うが、イレーネが三十九歳、コリーニが三十歳。前世の記憶があるレシトにしてみれば、いい年というほど枯れた年齢の感覚がない。まだまだ現役、という年だ。

元々イレーネは王の愛妾のすべてに敵意を向ける女性だった。それがゆえに、レシトの母親も陥れられ、不貞の咎で処刑された。ただし、それができたのも、公爵家出身の王妃に対して、伯爵家出身のレシトの母のほうが身分が低かったためだろう。コリーニは、王妃と同格の公爵家出身の愛妾だ。それだけに、争いは泥沼になる。

それでも、選定の儀で選ばれた王妃の地位は揺るがず、王太子たる王子も産んでいるのだから、王の火遊びにも大らかな態度でいればよいのに、とレシトなどは思うのだが、寵を争う女の身では、そう簡単な話ではないのだろう。

メインが終わり、デザートが準備される。それらの給仕が終わると、控えていた使用人たちが退出した。これで文字通り、兄弟二人だけになる。

それを待っていたように、セラスが口火《くちび》を切る。

「——そういえば、兄上はご存知ですか？　今度の王妃選定の儀では、マルクーゼ公爵令嬢が有力候補だそうですよ」

「マルクーゼ公爵？　王妃殿下の御実家ですか」

珍しいこともあるものだ、とレシトはセラスに視線を上げる。

「めったにないことです」

セラスが同意する。デザートの砂糖菓子を口に運び、味わってから、また話を続けた。

「百六十年だか、百七十年くらい前に一度続いた記録がありますが、それ以来だそうですよ。マルクーゼ公爵令嬢は従姉妹《いとこ》ですから見知っていますが、若い母上といった感じの令嬢です。憂鬱《ゆううつ》ですよ、兄上」

「それはまた……」

レシトとしてはなんと言ったらよいか困る。若くなったイレーネと評されるのなら、セラスの妃となってもイレーネと同じように感情的に振る舞うのだろうか。たしかに、それは面倒だ。

しかし、百六十年か百七十年前？

なにかが引っかかり、レシトは記憶を探った。

マルの祖父があちらの世界に行った時が二十歳の頃、マルの母が生まれたのは、それから七十年後、マルが生まれたのはその八十年後、そして、マルの年齢が十六歳。

その時、軽く計算して、百六十六年ほど前か、と出したことを思い出す。

マルが母親から聞いた話が曖昧だったから正確な年数はどうか知らないが、少なくとも百六十から百七十年ほど前にマルの祖父はこちらの世界からあちらの世界に行ったのだと推測できる。

――不思議な偶然だな。

二代続けて同じ家から王妃が選ばれた時期、マルの祖父も次元の狭間とやらに呑み込まれて、地球に飛ばされ、亜人から犬になった。

魔素のない世界だから、亜人の形を保てなかったのか。

しかし、寿命は元の亜人のままで、犬としてはあり得ないほど生きた。母親も、亜人だとしたら八十歳前後でも身ごもれたのは普通だ。亜人の女性はめったに身ごもれない分、生きている限り妊娠の可能性を持ち続ける。

人間はその反対で、妊娠可能期間は短いが、頻度は亜人よりも多い。

おかげで、人間と亜人の人口のバランスは保たれていると言える。亜人が人間のように簡単に妊娠できていたら、今頃、亜人だらけの世界になっていただろう。

「――それにしてもどうしてまた、同じ家から王妃になれるだけの魔素を持つ娘が生まれたのでしょうね。我が王国は千年の歴史を持ちますが、間を開けて同じ家から王妃を輩《はい》出《しゅつ》したことはあっても、続けては百六、七十年前の一例だけです」

セラスが紅茶のカップを手にしながら、首を傾げる。

「千年で、たった一例ですか」

なるほど、珍しい。それがたったの百六、七十年で再び起こるとは、偶然が重なる時にはそういうものだろうか。

そんなことを思ったレシトに、セラスがさり気ない口調で言う。

「以前の例では、二人目の王妃は選定後、十年ほどで病没したそうです。彼女の産んだ王子も同じ病で没し、その後、王妃を二代続けて輩出した家も事故や病気が相次いで、滅びたとか。どうしてそんなことになったのでしょうね。王妃を二人も出すなど、神々の祝福を受けたとしか思えないのに、これではまるで罰を受けたかのようだ」

「まさか……」

そう言いながら、妙な事実がレシトの頭に浮かんでいた。レシトが生まれたのは二十一年前。その頃、イレーネ王妃が選定の儀で選ばれていたのだな、と。

もっとも、その頃の王はレシトの母親を寵愛中で、選定の儀も義務でしかなかったと聞く。今となってはどうでもよい話だが。

それよりも、前回の選定の儀の頃にレシトが生まれ、新たな選定の儀の年にマルが現れた。それがなんとなく気になった。

——どうして、こんなことが思い浮かぶ。マルの祖父が転移した時期、レシトが生まれ変わった時期、マルが現れた時期。

どれも、王妃選定の儀の頃だというのは、妙な一致もあるものだ。

だが、それがなんなのだ。それよりも、同じ家から王妃が二代続けて輩出される、そのことのほうが重大だ。セラスの口ぶりからも、はっきりとは言わないが気にしているようだった。

「少し……調べてみましょうか?」

「お願いしてもいいですか？　わたしでは、王宮の外までは気儘《きまま》に手を出せません」

ニッコリとセラスが微笑む。王太子という立場上、王宮から自由に出られないセラスは、これが頼みたいからこそ、レシトを会食に招待したのだろう。

——やれやれ。とんだ裏があったものだ。

しかし、裏があるとわかったほうが気楽だ。兄弟らしい仲のよさを期待されるより、よほどいい。

胸に手を当て、レシトは一礼した。さて、どこから手をつけたらいいものか。

マルへの混然とした思いを頭の隅に追いやり、レシトは役目を口実に、マルと向き合うことから目を逸らした。

「ご主人様、今夜は……」

「調べものがある。下がれ」

マルがレシトとの同衾《どうきん》を願おうとすると、にべもなく遮られる。

王都での最初の夜会のあと、レシトがどうしてか不機嫌になってから、マルは一度もベッドに呼んでもらえなくなっていた。どうしてだろう、と考えるが、わからない。

あの時いろいろなことを言っていたが、結局、レシトは妻を娶《めと》ることになったのだろうか。だから、もうマルの身体の奥深くにまで匂い付けをしてくれなくなったのか。

——奥様がいたら、ボクにはしないって言ってたもんな……。

胸がズキズキと痛んだ。マルにしてみれば、妻に種付けすることと、飼い犬に匂い付けすることは別なのだが、人間には同じ行為とされるらしい。

——ボクは、どんなにしてもらっても子供はできないのにな。

人間の考えることは難しい。

王都に来て以来、レシトは忙しく、外出してばかりいる。ヴィクセル辺境伯領に居た時にも仕事ばかりだったが、少なくとも城砦内にある執務室でのことだったから、その間マルは脇に控えて、あれこれ主人の用を足すことができた。

だが、王都ではそうする機会も減った。ベッドにも呼んでもらえず、側にいる機会も減り、マルは寂しくてならない。

せめて、側付きの小者としての仕事をもっとさせてもらってレシトの側にいたい。レシトの気配、レシトの匂いを間近に感じたい。

翌日、マルは勇気を出して、レシトに頼んでみた。

「ご主人様、お出かけに連れていってはくれませんか？　マルはもっと、ご主人様のお役に立ちたいです」

言葉遣いだって、辺境伯家の小者としてまずまずの水準までできるようになった。アザールのように難しい用件までこなす上級使用人の真似事はできなくても、使い走りくらいならできる。

朝の身支度を手伝いながら、マルは必死でお願いした。

翡翠色の瞳に見つめられて、レシトが眉間に皺を寄せる。断られそうな顔色だった。マルは涙目になる。

「使い走りも、荷物持ちも、させてもらえませんか？　ダメですか？　マルは寂しいです」

スンスンと鼻を鳴らして、けれど、側付きとして仕事はちゃんとやるのだという決意を表し、レシトのシャツの襟を整えたり、腰のサッシュをキュッと縛ったりの作業は続ける。

そんなマルの熱意が通じたのか、レシトが小さくため息を吐いた。

「……余計なことは話すな。従者の下働きとしてなら、連れていってやる」

「本当ですか！　ありがとうございますっ」

嬉しくて、マルは部屋中を走り回りたくなる。しかし、その感情を抑え、きちんと側付きの小者らしく片足を一歩後ろに引いて、恭《うやうや》しく頭を下げる。これも、アザールから躾けられた礼の仕方だ。ただし、尻尾は制御が利かなくて、ブンブン振り回されている。

それに、レシトが呆れた視線を送っている。

「アザールに言って、外出する準備をしておけ」

「はい！」

マルは急いで、けれど、丁寧に、レシトの身支度を終え、アザールの許に駆け込んだ。


レシトの外出先は、多岐に渡っていた。様々な神の神殿への義務的な参詣《さんもう》であったり、上級貴族の茶会、辺境への騎士や予算の配分のために王宮の該当部署へ訪れたり、辺境で役に立つ魔法や仕組みの勉強のために王宮や王都の大図書館に行ったり、普段辺境で交流が持てない分、精力的に活動している。

もちろんマルは、貴族の相手をするような立場には置いてもらえない。直接目に触れたり、指示を聞いたりする部分はもっと教育の行き届いている従者の領分で、マルはその下で荷物持ちをしたり、茶器や軽食の用意をしたり、伝言しに走ったりといった用をこなしていた。

レシトの姿は少ししか見られないが、マルはそれでも幸せだった。とにかく、レシトの役に立てている。レシトのために働けている。それが大事だった。

その日、レシトは宰相との話し合いのために登城していた。マルも一行に混じり、王宮に入る。

もう三回目だったから、最初の時のようにその豪壮《ごうそう》さにキョロキョロはしない。

王宮はいくつもの建物群で形成されており、マルたちが入った建物はその中でも政務に使われている場所だった。

従者を連れて、宰相の執務室に入ったレシトを見送り、マルはそれ以外の小者たちの控えの間で待機する。

何度か茶を所望され、その支度をした。マルは魔法で湯を沸かすことができない代わりに、使用済みの茶器を地下の配膳所まで運んだり、新しい茶器を用意したりといった使い走りで貢献した。

お昼近くになった頃、レシトの従者が急いだ様子で控えの間に入ってくる。室内を見回し、マルを呼んだ。

「マル、この間王太子殿下の宮に行ったのは憶えているな？」

「はい！　今日のお昼にも行きますよね」

二回目の王宮行きの時、王太子の宮にも立ち寄っている。王宮にレシトが来たと知った王太子が、お茶に呼んだのだ。今日のレシトの予定では、午前に宰相との打ち合わせ、その後、王太子と昼食を共にするとなっている。

しっかり記憶していたマルが答えると、従者が続けた。

「伯爵様は、今から王太子殿下の宮に向かわれる。だが、宰相様とのお話が少々長引かれ、王太子殿下の宮に着くのがギリギリになりそうだ。先に行って、あちらの侍従に事情を話し、お詫び申し上げるように。伯爵様はすぐに参る、と」

「かしこまりました！　すぐ、行きます」

マルは大きく頷き、すぐさま控えの間を出る。人目のないところでは走り、それ以外の時は小走りに、王太子の宮殿を目指した。

最後に長い回廊を突っ切ると、王太子の宮はすぐそこだ。

と、回廊をゆったりと進む一行がいた。女性ばかりの集団だ。特に真ん中の女性の、ふんわりと広がったドレスにはリボンや宝石が散りばめられていて、いかにも身分が高そうだった。

マルは急停止し、彼女たち一行に気づかれる前に回廊から外れ、庭園を突っ切るコースに切り替えようとした。王宮では、身分の高い人物に出会ったら、その人物が過ぎ去るまで頭を下げるよう言われていたが、それを実行していたら、レシトに追いつかれかねない。それでは役目を果たせない。それで、急いで庭園のほうに逃げようとしたのだが、その姿を一行に発見されてしまった。

「待ちなさい！　無礼であろう。こちらにおられるのは、王妃殿下であらせられますぞ。王宮での儀礼は知っておろう」

「も、申し訳ありません」

マルはビクンと震え、一行に向き直ると、教えられた通り一歩片足を引いて、深々と頭を下げた。女性たちが歩み寄ってくる。

「その姿……王宮に伺候《しこう》した貴族の小者であろうか。ここが王太子殿下の宮に続く回廊で、なにゆえ、庭園へ隠れようとした。よもや、不敬なことを考えていたわけではあるまいな」

女官らしき女性が一喝する。マルはますます震え、どう答えたらいいか混乱した。

相手が『王妃』と聞いたせいもある。ただの身分の高い貴族女性が相手ならば、マルももう少し弁解《べんかい》の言葉が出てくるのだが、『王妃』と聞いては緊張する。

マルの大事なご主人様と王妃が、対立関係にあることを知っているからだ。変な答え方をして、レシトに迷惑をかけることになってはいけない。

けれど、それはマルにはとても難しいことで、よけいに混乱してしまう。どうしよう。

マルを睨んでいた女性の一人が、なにかに気づいて、王妃に囁く。扇《おうぎ》で口元を隠した王妃が、ニンマリと笑った。

「おまえ、ヴィクセル辺境伯の小者なのね。たしか今日は、王太子と昼餐《ちゅうさん》を共にすることになっているとか。このところよく、王太子と会っているそうね。臣籍に下った分際で、図々しいこと。ああ、そのわりには辺境伯の姿が見えないけれど、そろそろ昼餐の頃合いね。辺境伯はもう、王太子宮にいるのかしら」

遅れると、この王妃に言っていいのだろうか。まずい気がする。王妃からの悪意は、マルにも怖いほどに伝わっていて、下手な返事をしたらレシトに迷惑がかかるとわかる。

どうしよう、と押し黙るマルを、王妃は楽しげにいたぶる。

「それとも、小者が急いで王太子宮に向かうということは、畏れ多くも王太子との約束に辺境伯風情が遅れようとしているのかしら。元は王族だったからといって、そんな不遜が許されると思って？」

「お……お許しくださいませ」

「あら、なにを許せというの？　王太子との約束に、勝手に遅れようとしていること？　それとも、陛下を裏切った女の息子の分際で、まだ王族気分でいること？　おまえのような小者までもが、王妃たるわたくしに敬意を表さず、礼儀も弁《わきま》えぬ振る舞いをするのですからね。辺境伯本人は、どれほど不遜でいることか。あるいは……」

と、意味ありげに言葉を切り、広げていた扇を音を立てて閉じた。そうして、毒々しいほどに赤く塗った唇を再び開いた。

「おまえの主は、王位を狙っているのではなくて？　王太子がやさしいのをいいことに、取り入り、欺《あざむ》き、機会を見て殺そうとしているのでは？　ああ、今日の昼餐にも、毒を盛ろうと考えていたのではないかえ！　だから、わたくしに隠れて、ひそかに王太子宮に向かおうとしていたのであろう。ドロテア、この者を捕らえよ！　ヴィクセル辺境伯の謀反《むほん》の証じゃ！」

「そ、そんな……！　伯爵様はそのようなことを考えてなどいませんっ。ボクはただだっ……あうっ！」

ドロテアと呼ばれた王妃の護衛をしている女性騎士が拘束しようと、床にマルを押し倒す。

マルは痛みに呻いた。後ろ手に捕らえられ、王妃に頭を踏まれる。

「衛兵を」

ドロテアがもう一人の女性騎士に指示し、女性騎士が走り去った。

王妃が、ふふとほくそ笑む。

「大丈夫。ちゃんと白状させてあげるわ。おまえの主人を追いこんであげなくてはね。いい駒が手に入ったわ。やはり、神々はわたくしに味方しているのね」

「伯爵様は、そんなひどいこと考えて……うっ」

なんとか抗弁しようとしたマルの拘束がきつくなる。

「黙れ」

「さすが亜人。おまえの耳と尾を見ると、犬かしらね。犬型の亜人は主人に対する忠誠が強いと言うけれど、おまえはどれくらい耐えられるかしら」

「ボクは、本当のことしか……言いませ……っ」

王妃の言うことは、なにもかもが言いがかりだ。こんなふうに痛めつけても、マルが王妃に都合のいい嘘を言うことなんてない。

それにしても、どうしてこんなひどいことができるのだ。レシトの母親も陥れたというし、レシトのことも何度も殺そうとした。レシトがなにをしたというのだ。

マルは怒りを込めて、王妃を睨んだ。その眼差しに、王妃が目を怒らせる。

「なんです、その目は。王妃たるわたくしを睨むなんて、なんて生意気な。さすが辺境伯の小者ね。使用人にまで、王家に対する不敬が行きわたっているなんて、ますます危険だわ」

「言いがかりです。伯爵様はそんなこと……っ」

たまらず、マルは反論しようとした。そこに、大きな声が浴びせられる。

「母上、なにをしておられるのです！」

王妃が驚いて、後ろを振り返る。王太子たち一行を先導する女性騎士がドロテアに向かい、「衛兵を呼んでまいりました」と告げる。

マルを押さえながら、ドロテアが渋い顔をする。

「王太子宮に行ったのか」

「はい。最も近い宮殿でしたので」

顔色一つ変えず答えた女性騎士は、王妃の意にわざと反したのか。それとも、単に状況が読めていなかっただけなのか。

やめろとでも言うように、王太子が片手を上げる。

「彼女の判断は妥当だ。母上、また兄上になにか言いがかりをつける気ですか。たしかにその者は礼を失したでしょうが、そこから兄上が謀反だなどと、言いがかりにもほどがありますよ。いい加減にしてください」

「まあ、セラス。おまえはやさしすぎて、あの者の本質が見えていないのです。この母がおまえを守ってやらなくては、どんな目に遭うことか」

息子へと歩み寄り、手を伸ばそうとする王妃を、セラスはさり気なく避ける。

王妃はわずかに眉をひそめ、しかし、それを素早く息子を心配する母の顔で隠し讒言《ざんげん》する。

「こんなにしげしげとおまえとの面会を取りつけるなど、なにか狙っているに決まっています。おまえの妃が決まる大事な時期に、簡単にあのような者を近づけるものではありません。おまえは兄と呼びますが、本当に陛下のお血を引いているのかも……」

「母上、そこまでです。兄上の瞳には、王家の血統がはっきりと表れております。それゆえ、父上も、兄上の母君を処刑されても、兄上の身分を剥奪されることはなさらなかった。その意味を、今一度お考えになるべきです。それに王妃として、このように軽々しく騒がれては、軽挙妄動《けいきょもうどう》がすぎるというものでしょう。選定の儀も近い今、よけいな騒ぎはお慎みください」

　セラスにそう言われ、王妃は悔しそうに唇を噛みしめる。マルを自分の手のうちに捕らえ、王太子たちが口を挟む前に拷問などで口を割らせていればともかく、現状で無理押しをすることは、いかに王妃でもできなかった。

「……おまえがそう言うのなら、わかりました。でも、辺境伯にはくれぐれも気をつけなければいけませんよ。きっと王位を狙って……」

「母上、それよりもなにゆえ、わたしの宮に続く回廊におられたのですか？　今日、お会いする予定はなかったはずですが」

　言い募る王妃を遮り、セラスが問う。菫色の瞳は、どこか有無を言わさぬ色を浮かべて、母親を見下ろしていた。気圧された様子で、王妃が言い訳を口にする。

「おまえが辺境伯と昼餐を摂ると聞いたのです。心配して、わたくしも同席を……」

「不要です。お帰りください」

「セラス……」

思わず縋るように名を呼んだ王妃に、セラスが片眉を上げる。

「ああ、その者はこちらにお渡しください。わたしのほうで罰を与えておきましょう。母上のお手を煩《わずら》わすことではありません。さあ」

まったく取り合わないセラスの様子に、王妃も諦める。セラスには切なげに、一方、王太子側に引き渡されるマルには憎々しげな眼差しを向けて、回廊を引き返していった。

マルはホッと胸を撫で下ろす。とりあえず、王妃に捕らえられ、妙な証言を強要される事態からは免れた。

「――さて、兄上からの伝言を聞こうか？」

セラスが笑いをこらえたような表情で、マルを促した。マルは飛び上がって、慌ててセラスに対して礼を取る。

まず礼を言うべきなのか。それとも、言われた通り、レシトの伝言を伝えるべきなのか。どちらが正解なのだ。こういう時にどうするべきなのか、まだ習っていない。

「あの……あの……」

「落ち着いて。兄上は遅れるのか？」

やさしく問われ、マルはコクコクと頷いた。

「は、はい！　宰相様と、の、お話が長引いて、でも、今、急いで向かってますっ。ボクは先に、お知らせするように……って、それなのに……」

耳が折れ、尻尾が垂れる。押さえつけられていた身体が痛み、顔には擦過傷《さっかしょう》ができていた。

「可哀想に、怖い目に遭ったね。母上が申し訳ないことをした」

「そんなっ……そんな、とんでもないです。ボクが……ボクが、悪いことをしたから……」

王太子に謝られて、マルはますますどうしたらよいかわからなくなる。自分のせいでこんな騒ぎになったのに、どうしよう。

と、背後から慣れ親しんだ気配がやってきた。レシトだ。

「殿下！　わたしの使用人が、なにか失礼をいたしましたか？」

王太子がこんな回廊まで出ていることを不審に思ったのか、レシトが足を速めて一行に歩み寄ってくる。セラスが苦笑した。

「いや、たいしたことではない。詳しい話は、宮でしよう。――おまえもおいで。その傷の手当てもしなくてはいけない」

セラスはマルにもやさしく話しかけ、レシトたちを王太子宮に導く。

「……マル？」

「申し訳ありません……」

レシトの役に立ちたかったのに、逆に迷惑をかけてしまった。どうして、自分はちゃんとやれないのだろう。

しょんぼりと謝り、マルは一行の最後尾に従って、王太子宮についていった。


王太子宮で顔の傷の手当てをしてもらい、マルは深々と頭を下げた。自分が大失敗をしてしまったことは理解していた。

「ご主人様、申し訳ありません。王太子殿下、ご迷惑をおかけしました。それから、助けていただき、ありがとうございました」

マルにしては精一杯の謝罪とお礼だった。すでにことの成行きをあらかた説明されたレシトは渋い顔をしている。セラスはソファの肘掛けに軽く腕を置いて、にこやかに微笑んでいた。

「いいんだよ。おまえはとばっちりを受けただけだ。母上はどうしようもない人だからね」

「……殿下を煩わせましたこと、お許しください」

レシトもセラスに謝罪する。セラスは軽く手を振った。

「手間ではありません。母上の尻拭いには慣れていますから。そのために、母上に仕える者の中に手の者を入れているのです。間に合ってよかった」

セラスが笑って、ひとつ息を吐く。

どうやら、王太子宮まで衛兵を呼びに行った女性騎士は、セラスの息のかかった者だったようだ。

「王妃選定の儀は、別名聖女選定の儀とも言われているのに、我が母上を見ていると、とても聖女とは思えぬ。兄上のお命を狙い、父上の愛妾たちとも争ってばかり……。次に選ばれそうな我が従姉妹も、けして性格が良いとは言えぬし。神々は、なぜかような女性に大いなるお力をお与えになられるのか」

マルは小首を傾げた。聖女……。『特別』だから、王妃はあんなふうに見えるのだろうか。

納得しがたく、何度も首を捻るマルの仕草に、セラスが微笑んで問いかける。

「どうした？　なにか気になることでもあるのか」

問われれば、マルは素直に口を開く。本来なら、先ほどの謝罪はともかく、小者の身分で王太子に直答は許されていない。けれども、まだ上級使用人に相応しいほどの教育に到達していないマルは、応じてしまう。

「聖女様の魂は、濁っているものなの……ですか？」

それでも、途中で言葉遣いのまずさには気づき、あわてて丁寧に付け加える。気を抜いてはいけない。

セラスが片眉を上げた。マルに黙るよう手で指示すると、人払いを命じる。従者などが下がるのを確認して、改めて、セラスがマルに問いかける。

「濁った魂とは、どういうことだい？」

「ん？　魂は魂です、よ？　ボクのご主人様の魂は青白く光っていて、だから……」

と言いかけて、マルはハッとする。レシトの魂を追いかけてこの世界に来たことは、レシト以外には言ってはいけない。頑張って誤魔化す。

「だから……その、いつも綺麗だなぁって。アザールさんの魂は温泉水みたいな白で温かくて、ライエル様のは派手な朱色で。みんないろんな色だったけど、綺麗なんだ……なんです、よ？　だから、王妃様のは見たことのない魂をしていて、びっくりしました」

「……わたし以外の魂も見えるのか？」

マルの発言に、レシトは驚いた様子だ。マルはキョトンとして、頷いた。

「見えます、よ？　でも、ボクは伯爵様がいっとう大切だから、他の人の魂は別に……」

そう。マルにとってレシトのことだけが大事で、他の人などどうでもよい。

とはいえ、レシトが興味あるのなら、もちろん答える。

「それで、王妃殿下の魂はどんなふうに見えたのだ？」

「うーんと、他の人たちは一色しかないのに、王妃様のはいろいろな色が混ざったみたいで、濁った沼の色をしていて、混ざりきらない色がマーブル模様になってて……ます」

マルが思い出しながら言うと、セラスがちらりとレシトに視線を送る。それを受けて、レシトが思案するように口を開いた。

「殿下、夏ともなれば、北西の庭園の花が見頃でしたね。帰りに、寄って見ていってもよろしいでしょうか」

「もちろん、かまいませんよ、兄上。マルにもぜひ、見せてやってください。怖い思いをさせたお詫びだ」

「ありがとうございます」

急に話題を変えられ、マルは目を白黒させる。話の展開についていけなかった。

――えらい人のお話って、よくわからないや。

ともかくそれで、遠回りをして帰ることになった。

王太子との昼餐後、地竜の引く竜車に乗り、マルたちは王宮の北西区域に移動する。いかにも涼しげな大木の作る木陰と、極彩色《ごくさいしき》の花々で彩《いろど》られた美しい庭園に、マルは思わず声を上げた。

「わぁ、綺麗……！」

すっかり気を抜いたマルの態度に、従者が天を仰ぐ。しかし、レシトが注意をしないため、黙っている。

レシトの先導で、マルは小高い丘へ向かった。上まで行くと少し見晴らしが良くなっている。

マルだけを連れて、レシトがさらにその先に連れていってくれた。離れた所に従者たちはいるが、それでもちょっとした二人きりだ。マルは嬉しくなった。

と、遠くのほうで女性たちが集まっているのが見えた。レシトが背後からマルの耳に囁く。

「王太后様がお茶を楽しんでおられる。垣間見るのは不敬だから、見つからないように気をつけろ」

「は、はい」

さっき王妃との遣り取りがあったばかりだ。マルは身を縮めた。

「マル、黒いドレスが王太后様だ。魂は見えるか？」

「……？」

どうしてそんなことを訊くのかわからず、マルはレシトを振り仰いだが、黙っているため視線を人影に戻した。

――黒いドレス……。

犬だった時よりも、亜人になってからのほうが目はグンとよくなっている。すぐに、王太后を発見した。

「うーん、と………金色だ。綺麗だねぇ」

「濁っていないのか？」

「うん。すごく綺麗で眩い金色だよ。あんなふうに光ってるの、ご主人様と、あとさっきの王太子様くらいしか見たことない」

「光っていたのは、王太子殿下とわたし……」

レシトが呟く。あとはなにか考え込んでいるようで、マルたちは早々に庭園の鑑賞を終え、屋敷に戻った。

マルに見えたものはなんだったのだろう。

魂が見えるというマルに驚きはしたものの、元々自身の魂を追ってきたという話を聞いていたレシトが納得するのは容易かった。しかし、他者の魂も見えたとは驚きだ。

夜、レシトは寝室で、じっと己が手を見つめた。マルによれば魂の輝きが見えると言うのだが、レシトにはまったくわからない。

「誰もが単色で、濁っていたのは王妃だけ……。同じ選定の儀で妃となった先王の王妃の魂は金色。輝いていたのは、わたしと王太子と王太后」

輝いていると言われたのは、いずれも魔素の保有量が多いと言われている人間だ。ということは、国王の魂もマルの目には輝いて見えるのかもしれない。

そうなると王妃のことはどうなる。レシトは考え込んだ。

王太后の魂も濁っていたなら、話は簡単だった。同じ儀式で選ばれた女性が、同じような魂を持っていたなら、話はわかる。

だが、一人は金色に輝き、一人は濁ったマーブル模様。

性格の難点が魂の色に現れるのか？

しかし、魔素の量が多いのなら、なぜ、輝いていない。

謎は、それればかりではなかった。王太子から非公式に依頼された、二代続けて王妃を輩出した貴族家についても、調査ははかばかしくなかった。

王妃選定の儀から十年ののち、王妃を始めとして王子、王女、実家の侯爵家の父、母、兄一家、弟一家、さらに調べると、嫁いだ妹も一族ごと死滅していた。新年の祝いの夜、火事を出し、一家全員焼死したのだ。

まだある。侯爵家本家の人間以外に、侯爵の弟一家、叔父一家が二つ、侯爵家に近い筋の一族である家が一つ、事故、病、あるいは獣魔の氾濫に巻き込まれて滅亡している。

そう。滅亡というのが正しいと言わんばかりの、消え方だった。それがすべて、王妃の死後三年以内に起こっている。

それから、これは関係ないのかもしれないが、侯爵家領内の神殿で、神官が複数、同じようにいろいろな理由で死亡していた。

これらはいったい、なにを示しているのだろう。神官のことはさておき、一族がほとんど族滅と言ってよい勢いで亡くなっている場合、疑わしい理由が一つある。

王の不興を買う、である。それも、王国にとって不都合な出来事があり、それを公にできないゆえ、裏から様々な理由をつけて処分するのだ。

今でも、貴族家の跡取りが病死することは稀《まれ》にある。跡取りとして相応しくない息子を、当主がそうやって処理するのだ。

「だが、一族皆殺しにするほどの理由とは……」

もちろん、本当に偶然そうなったという可能性もある。しかし、二代続けて王妃を輩出したあとのこの不幸――。

マル。

やはり、なにかがあったように思われる。それがなんなのか。

なかなか思考がまとまらない。なぜなのか、レシトにはわかっていた。

あの疑うことを知らない無垢な眼差しが、レシトの胸を抉《えぐ》る。切なそうにレシトを見ながら、健気に役に立とうと働く姿に目を逸らしたくなる。

呼べば、マルは今すぐにでも喜んで来るだろう。抱かせろと言えば、進んで尻を差し出すだろう。だがそれは、ただの匂い付けだ。

自分はなにをマルに望んでいるのか。レシトは腹立たしかった。

腹立たしいと言えば、今日の王妃だ。マルを床に押さえつけ、あの愛らしい顔に傷ができるほど踏みつけたとセラスから聞いて、どれほど怒りが込み上げたことか。

——マルになにをしてもいいのは、わたしだけだ！

そんな身勝手な主張が、身体の奥から湧き起こる。マルを泣かせるのも、傷つけるのも、虐《しいた》げるのも、嬲《なぶ》りものにするのも、すべてレシトにのみ許された権利だ。

そんな傲慢な思いでいっぱいになる。

そのくせ、欲望のままに抱いていたマルから、セックスを匂い付け扱いされたことにショックを受けている。愛情という理由もなく、ただ気分のままに抱いていた自分の行為のどこにも、マルから『特別』に想われるやさしさなどないのに。

——何様なのだ、わたしは。

そして、マルをどうしたい。拳を額に打ちつけ、レシトは呻いた。


王太子のための王妃選定の儀は、六日後に迫っていた。

§第八章

魂の色の話をして以来、マルはたびたびレシトに周囲の人間の色を訊ねられた。

あの人はこんな色、この人はこの色、と話すうちに、輝きの強さが魔素の量と関係していることがわかってくる。

しかし、依然として、複数の色が混ざった濁ったもの、マーブル模様が入ったものは、見当たらなかった。そのことに、レシトはなにか考え込んでいる様子だったが、マルには内容を話すことはない。

それが少し残念だったが、言われてもきっとマルは「？」だらけになるだろうこともなんとなくわかっていたから、頼ってもらえないのは仕方がないと思っていた。

それよりも、魂を見るというマルにしかできない仕事があることが嬉しかった。

とにかくマルは、どんなことでも、ほんの少しでも、レシトの役に立てれば幸せなのだ。

王妃選定の儀というものに、マルも従者としてレシトについていくことが決まって、超特急で礼儀作法を憶えさせられた。

レシトから、儀式に参加する令嬢たちの魂を見てほしいと言われている。そのために、マルが儀式の場にいてもおかしくないようにするためだ。

アザールに付きっきりで教育され、最後には「理屈はいいです。とにかく、丸暗記してください」とまで言われて、マルは必死で従者としての必要最低限を詰め込んだ。

「お、マル。従者のお仕着せがなかなか似合うじゃないか」

当日、護衛騎士として同行するライエルが、クリーム地に意匠化された細かな花の刺繍が施されたジュストコールを羽織り、レースのクラヴァットにベストで着飾ったマルをからかってくる。いつもは少し跳ねているオレンジの髪をきちんと撫でつけたマルは、大人しくしていればちょっとした下級貴族の子息といった風情になっていた。これなら、充分従者として通用する。

「ううぅ、話しかけないでクダサイ。いろいろ、憶えたことが消えてしまいそうデス」

正直、ちょっとでも余計なことを考えたら、詰め込んだ知識が頭から零れ落ちそうだった。

「大丈夫か、おまえ？　頭の中がグルグルしていないか？」

緊張した様子のマルに、ライエルが心配そうな顔になる。それにアザールが注意した。

「マルが失敗しないよう、余計なことは言わないようにしてください。とにかく、無理矢理詰め込んだだけですから」

苦虫を噛み潰したようなアザールに、ライエルが肩を竦める。

「仕方がないだろう。マルは伯爵様のお気に入りだ」

本当の理由をライエルは知っているだろうに、口に出しては別のことを言う。マルが他人の魂が見えることとは、少数の人間しか知らされていなかった。

この場には、レシトを監視する役目のオトクルもいる。それを慮ってのことだろう。

「がんばりマス」

マルも余計なことは口にせず、懸命に憶えたことを思い出しながら、拳を握ってみせた。

やがて、屋敷のエントランスにレシトがやって来る。相変わらず、堂々とした美丈夫ぶりに、マルはうっとりと見惚れてしまった。

――ボクのご主人様は、この世で一番恰好いい。

以前の世界ではまだ子供で、凛々しくも可愛らしかったが、こちらの世界で大人になったレシトはプラチナブロンドの髪も華やかで、ちょっと冷たい印象が素敵だった。

いつも退屈そうに物憂げなのも、ちょい悪風で恰好いい。その中に時折垣間見られる凛々しさが、以前の世界のご主人様を思わせる。

「マル、一緒の竜車に乗れ」

「はい」

本当は勢いよく「はい！」と言いたいところであったが、溌剌とした話し方は貴族の世界では上品ではないと念を押されていたマルは、極力しかつめらしく返事する。

レシトに続いて一緒の竜車に乗り込んだマルに、オトクルが「本当に気に入ったものだ」

とでも言いたげに、片眉を上げていた。

これは、『お気に入り』の印象を強めるためにあらかじめ決められていた行動だったので、上手くいったと思う。そうやって、マルがいきなり従者に取り立てられた不自然さを誤魔化すのだ。同時に、マルと最後の打ち合わせをするのも目的だった。

竜車が走り出し、マルはレシトから様々な注意を受ける。

「いいか、マル。けしてわたしから離れるな。選定の場では、わたしの席は貴族席になるから、王妃から話しかけられることはないが、おまえは一度目をつけられている。くれぐれも一人になるな。いいな?」

「はい。ずっとご主……伯爵様の側にいて、役目を果たしマス。おかしな魂があったら、報告します」

力むマルにレシトは少し苦笑したようだった。わずかに、唇の端が上がっている。

「……そう力まなくていい。なにかあっても、わたしがフォローする」

呟かれた口調は素っ気なかったが、声の奥に潜むやさしさがマルに伝わる。そういうところは、敏感なのだ。だって、マルはレシトの忠実な犬なのだから。

マルたち一行は、一路、王妃選定の儀が執り行われる主神殿へ向かった。

メッセル王国の主神は、暁と始まりの神ファジュアスだ。人間の国々の中で最初に興った国であったことから、特にファジュアスを敬っている。

それゆえ、王を助ける魔素に優れた聖女――王妃を王国にもたらしてくれるのも、ファジュアスだと考えられている。

最奥に巨大な神像が祭られている祭殿で、王妃選定の儀は執り行われる。ファジュアスの神像を背に、王と王妃が神像よりも一段下がった場所に席を取り、さらに一段下がったところに王太子、そこからまた三段下がった――つまり、最も下部に、貴族たちが高位順に席を定められていた。

ヴィクセル辺境伯であるレシトは、公爵と侯爵の間になる。これは、辺境伯位が元々侯爵と同格とされている上、レシトは王族出身ということから、侯爵、辺境伯の中で最も上位とされたからだ。

他の侯爵・辺境伯は歴史の古い順に格付けされ、並んでいる。

すべての貴族が席に着いたところで、大神官が登場し、王妃選定の儀が始まった。

長い祈りが捧げられ、マルも皆と一緒に拝礼する。

それから、下級貴族の令嬢から順番に、大神官の前に進み出ると、台座に置かれた水晶玉に手をかざしていった。その令嬢、一人一人の魂の色を見ていく。

水晶玉はぼんやりと、それぞれの令嬢の得意な属性の色合いで鈍い光を放つ。

そのたびに、大神官が「神々の慈悲がありますよう」と呟いて、令嬢を下がらせた。

どうやらそれは、定番の失格の言葉らしい。

なかなかそれらしい令嬢は現れず、マルはだんだん退屈になってきて、尻尾がフヨンフヨンと左右に揺れる。すると、後ろに目でもついているのかすぐにレシトに気づかれ、手で軽く腿を叩かれた。

いけない、とマルは気を引き締める。

しかし、令嬢の数はなかなかに多い。前回選定の儀を受けている女性以外が対象となるのだが、上は二十代半ばから下は五歳までになるのでかなりの人数だった。

——うぅ……眠くなっちゃうよぅ。

それに、じっと立っているというのも案外疲れる。身体を動かす労働は頑張れるのだが、動かないままというのは思ったよりつらい。普段、レシトについてあちこちに出かけている従者は、レシトが話し合いをしている間、ずっとこんなふうにじっとしているのか。これなら、控えの間で命令を待つ小者のほうが、ずっと楽だ。礼儀作法もここまでうるさくはない。

——それにしても、王妃様の魂だけ、本当に変な色だなぁ。

改めて壇上の王妃の魂を見遣る。本当はコテンと首を傾げたいところだが、モジモジ動くのは従者として失格だと、アザールが言っていたから、我慢する。

ここにはたくさんの貴族たちやその従者がいて、その魂の色がチカチカして見えるくらいなのに、王妃のような変な色は一人としていなかった。

――王太子様と王様は、ピカピカ光ってるなぁ。ご主人様も負けてないけど、ふふふ。

魂の光の強さは魔素の量ではないかとレシトが言っていたから、王様たちと同じくらいピカピカしているレシトは、たくさんの魔素を持っていることになる。たくさんなのはいいことだ。主人の順位が高いのは、マルにとって鼻の高いことだった。

そうしている間に、高位貴族の令嬢たちの番が巡ってきて、水晶玉の光具合が少しずつ強くなってくる。たまに、あまり光らない令嬢もいて、その令嬢は恥ずかしそうだった。マル以外の者の目には、恥ずかしいなどという生易しい表現ではなく、恥辱に死にそうな顔色に映っただろうが。

普通は、高位貴族になればなるほど魔素の量は多くなる傾向であったから、高位貴族の令嬢でありながら魔素が少ないというのは、非常に屈辱的なことだった。

もっとも、こんな説明をされてもマルには理解できないだろうから、アザールも最初からそこまでの話はしていない。レシトもだ。それでなくても、従者としての学習だけでいっぱいいっぱいなのだ。

と、人々の視線が一点に集まる。釣られるように、マルも水晶玉のほうに意識を向け、「あっ！」と声を上げかけた。それを寸前でこらえ、密かにレシトの服の袖を摘んだ。王妃と似た魂の色を見た時の、合図だった。褪せたようなピンク——鴇色《ときいろ》の髪をした少女だった。

少女が水晶玉に触れる。ゆっくりと水晶玉から呼吸するように光が洩れ、次の瞬間、虹色にそれが輝き出した。

大神官がニコリと微笑む。恭しく、胸に手を当てて少女に一礼し、言祝《ことほ》ぎの言葉を口にする。

「神々の祝福があらんことを」

それが、王妃となる娘が現れた時の言葉だった。ざわめきが周囲に広がる。囁きが、マルの耳に聞こえた。

「また、マルクーゼ公爵家から王妃が出るのか」

それらの声を、大神官が両手を広げて静める。まだ最後の令嬢まで選定は済んでいない。

祭壇の間にまた静けさが戻り、残り数人の令嬢たちが順番に水晶玉の前に立つ。

最後の令嬢で、また水晶玉が虹色に輝いた。ただ、光量が明らかに、先の令嬢に劣る。

大神官は彼女にも、「神々の祝福があらんことを」と述べたが、どちらが王妃に選ばれるか、結果は明らかだった。

マルはつい、首を傾げてしまった。

——今の女の人は、王太后様と同じ……。

王太后を黄金としたら、彼女は白金だったが、どちらも眩く輝いていた。先の、ピンクの女性の澱みとは違う。そのことを、ついレシトに囁いてしまう。

「ご主人様、最初の子は王妃様と同じでしたケド、今の子は王太后様と同じでシタ。なんで色が違うんデショウ」

「マル、黙れ」

低く叱責され、マルはハッとなる。いけないと言われていたのに、やってしまった。だが、それくらい不思議だったのだ。

「……申し訳ありません」

マルは謝罪し、あとは頑張って口を噤む。

王妃選定の儀は、鴇色の髪の少女――マルクーゼ公爵令嬢アリーナと白金の魂を持つ少女を正妃候補として召し上げることが告げられ、幕を閉じた。


マルが見たものはすぐに、密書の形で王太子に届けられた。

ただ、それがなにを意味するのかは、依然としてわからない。

しかし、魂の濁りが、二代連続で一つの家に王妃の地位をもたらしたことになにか関係するだろうとは、推測された。

「もう一人の——プロフィータ公爵令嬢の魂は、王太后様と同じような、白金の輝きを持った魂だったのだな」

「はい、そうです。とっても綺麗だった、デス」

神殿での選定のあと、王宮では夜会が開かれ、二人もの有資格者が出たことを祝った。その夜会にはいつもの従者がレシトについていったから、王宮でなにがあったかはマルは知らない。

密書を読んだ王太子と、レシトが話し合う隙があっただろうか。

マルは、帰宅したレシトの就寝の身支度を手伝い、いそいそと夜会服を脱がせていった。既に、アザールが湯の支度を済ませている。

マルも従者としての正装から、いつもの簡略化した衣服に戻り、喜々としてレシトの世話をした。本来のマルは、こうして奥向きでのレシトの身の回りの世話をするのが仕事だ。ただ、王都に来てからすっかり、レシトが夜のベッドへ呼んでくれなくなっていたから、寂しくて、小者の仕事をねだったのだ。

裸身となったレシトが浴室に入るのに続いて、ズボンの裾を上げ、腕捲りをして入り、レシトの身体をスポンジで丁寧に洗う。着痩せして見えるが、レシトについた筋肉は充実している。剣を振るい、魔法を使い、深魔の森の獣魔の氾濫を退けているから、王宮に詰めているだけの貴族たちよりよほど頑健《がんけん》な身体をしていた。

つい、うっとりとしたため息が出てしまう。この身体に押し伏せられ、身体の奥深くにレシトの匂いをつけてもらえた日々が、夢のようだ。またやってくれないだろうか。

背中を擦り終わり、前に回ったマルは、気づかぬうちにせがむような眼差しで、レシトの身体を見つめていた。

「……マル、そんな目で見るな」

レシトが低い声で言うが、マル自身に自覚がなかったから、どんな目を自分がしているのか気づかない。

「そんな目……って？」

わからなくて、マルは首を傾げてレシトを見上げた。レシトが視線を逸らす。

「……そんな目をしても、無駄だ」

「なにが、無駄なのですか？」

自覚がないから、マルは素直に訊いてしまう。レシトが忌々しげに舌打ちした。

「だから、その目だ」

「え、っと……」

肩から胸をスポンジで擦り、当然のことながら視線も下がる。そうすると、レシトの一番大切な部分が目に入って、マルは知らず、コクリと喉を鳴らしていた。

「抱かないぞ」

警告するように、レシトが言う。マルは頬を赤くした。

「申し訳……ありません」

物欲しげで、呆れられただろうか。でも……。

「ご主人様……もうボクに、匂い付けはしてくれないのですか？　犬のままだったらしてもらえなかったけど、亜人になれたおかげで、ご主人様にしてもらえて……すごく、すごく……嬉しかったのに……」

「馬鹿なことを……」

レシトが片手で顔を覆う。ひどく苦しそうだった。マルの申し出は、レシトを苦しめるのだろうか。

「やっぱり犬に匂い付けするなんて、嫌でしたか？　ボク、我が儘言ってる……？」

「おまえは……わたしにされたことが、嫌ではないのか……。いや、嫌とかいいとか、そんなことは考えていないか。おまえは犬で、わたしに匂い付けしてもらうのが、ただ楽しい。だが、わたしは……」

「ご主人様……？」

切なげに言葉を途切れさせたレシトに、マルも胸が痛くなって、その頬にそっと顔を寄せた。慰めたくて、ペロと頬を舐める。

「……おまえはわたしが好きなんだな」

つらそうに目を開けて、レシトが言った。マルは微笑み、頷いた。

「大好き、ご主人様」

尻尾が大きく揺れている。全身が、レシトが好きと言っていた。

レシトが昔のような、以前の世界の少年のような、泣き出しそうな笑みを見せた。

「そうだな。おまえの世界は……シンプルだ。よけいなことを考える、わたしが愚かか」

そう言うと、レシトの逞しい腕がマルを抱き上げた。

「一緒に風呂に入ろう。わたしも、おまえを抱きたい。おまえの中に、わたしの匂いをつけたい」

「ご主人様……！」

マルの顔がパッと輝く。もう一度、レシトにしてもらえる。身体の中までいっぱい、レシトで満たしてもらえる。そのことが嬉しくて、マルはレシトに抱きついた。

「嬉しい！　嬉しい、ご主人様！」

レシトの手が、やさしくマルの髪を撫でてくれた。


キスをして、うっとりするマルから着衣を剥ぎ取っていく。

以前ならば、乱暴に奪い取ったそれを、レシトはマルの性感を高めつつ、気づけば全裸になっているように、そっと脱がせていった。

濡れた服を浴室の隅に放り投げ、ただマルの唇を貪った。

「ご主人様……好き……」

キスの合間に、マルが陶然と訴える。マルの好きは、恋人同士の恋情とは違うだろうが、その心が一途にレシトに向けられていることは嘘偽りのないことだった。

この世で一番信じられる――。

前世でも、今世でも、家族には恵まれなかった。今世では命すら狙われ、周囲の誰も信じることが難しかった。信じて、裏切られることが怖かった。

それに対して、マルの単純さはどうだろう。逃げたレシトを一途に追いかけ、忠実さだけを与え、素直に心をさらけ出す。

疑心多き人には、できない行動だ。亜人であっても、すでに心は人寄りで、裏表ある振る舞いが当たり前になっていた。

けれど、マルは犬だった。犬の部分が多いゆえに、単純な部分が多く、純粋だった。天真爛漫に、無垢に、レシトにただ好意だけを示してきた。

孤独だったレシトに、それはあまりに甘美だった。翔だった時に心慰められたように、レシトの今も、マルの純粋さに救われている。マルを抱くことに心の安定を得てしまう。

信じられる好意というのは、それだけレシトの心を救いあげる。

そんなマルの好意をただ受け取ろうとするレシトは、卑劣だろう。マルのように、ただ純粋に好きだからその好意を受けるのだと言えない自分は、とんだ卑怯者《ひきょうもの》だと思った。だが、レシトにはマルが必要だった。一途に、純に、レシトを想うマルの混じりけなしの愛情に、心が震えた。

抱き締めたマルを床に横たえようとして思い直し、レシトは浴槽に共に身体を沈めた。タイルの上でマルを抱いては、マルが身体を痛めるだろう。そう思ったからだ。

そんなふうにマルを慮る自分が、おかしかった。だが、マルが欲しい。そして、心の隅で小さく、マルに嫌われたくないと囁く声がある。自分に、マルへの愛はない。だが、マルからの好意は失いたくない。なんという自分勝手か。

温かな湯に浸かり、再びそっとマルを抱き締める。マルの身体は温かく、レシトの心にまでその温もりがじんわりと伝わるようだった。翔だった頃、つらい時、哀しい時、抱きしめたのと同じ温もりだった。こうやって常に、マルはレシトを慰めてくれた。レシトを愛する――それはけして人間が思うのと同じ意味合いではなかったが――あまり、その肉体まで捧げてくれるほどに、マルはレシトに忠実だった。

――可愛い、マル。

濡れた耳をプルプルと震わせながら、マルがうっとりとした眼差しで、レシトを見つめている。その目を見つめ返しながら、口づけし、片手を胸に滑らせた。触れると、もうそこはツンと尖っている。以前は嬲るように弄ったそれを、愛しむために突いた。

「……んっ……ん、ふ」

チュ、クチュ、と舌を絡められながら、マルが喉の奥から小さな呻きを洩らす。ビクビクと身体が震えた。乳首を弄られて、感じているのだ。

やさしくそれを抓んだら、快感を耐えるように、レシトの腕を掴んだ。

「んん、っ……」

片方の胸を充分に可愛がってから、もう片方に移る。キスをしながら執拗に、マルの胸を愛撫した。小さな突起を弄るのが、それでマルが喘ぐのが、たまらなかった。

込み上げるような支配欲が、レシトを突き動かす。なにをしても、マルはレシトのものだ。それがなによりレシトを満たし、マルをより喘がせたくなる。

「キスと胸だけで、ペニスが勃ってしまったな」

「おちんちん……だって、気持ちいい……」

キスを少しだけやめて囁くと、マルが上気した頬でレシトを見つめる。こういうことに恥ずかしいという感情があまりないマルは、辱められても素直に、それがいいと口にする。

「わたしにいやらしいことをされて、おちんちんが気持ちよくなってしまったか、マル？」

だから、もっと恥ずかしく、責めてしまいたくなった。

マルは潤んだ目で、コクリと頷く。

「うん……ご主人様も、気持ち、いい？」

無垢で素直なマルには、それは辱めというより、ご褒美だ。見下ろしたレシトの性器がすっかり形を変えているのを見て、嬉しそうに触れてきた。

「……ん。マル、握るなら、おまえのペニスも一緒に握ってみろ」

「うん……こう？」

レシトの、見た目を裏切る凶悪な性器と、自分の可愛らしいモノを重ねて、マルが握りしめる。

「ぁ……ご主人様、熱い……」

「マルのも熱いぞ」

耳朶を舐めるように囁きながら、レシトはマルの後孔に指を伸ばし、そっと指を含ませる。

「あ、んっ……」

「マル、握った手を動かせ。もっと硬くなったら、おまえの中に挿れてやる」

マルに指示すると、嬉しかったのか、キュンキュンとねだるように、レシトの首筋に鼻先を寄せ、ペロペロと肌を舐めた。

「んぅ……ご主人様……欲しい……あんっ」

たまらず、二本目の指を後孔に捩じ込む。媚態《びたい》ではない素直な望みが、レシトの欲望をさらに昂ぶらせた。マルはレシトのものだ。

ぎこちないながらも、懸命に二つの欲望を扱き上げるマルに、レシトの孤独な心が満たされていくのを感じる。

誰が裏切っても、マルだけはレシトを愛する。その、絶対的な安堵。

「マル、さあ――」

「……ぁ」

マルの目がキラキラときらめく。後孔から指を引き抜かれたマルは、自ら求めるように、レシトの剛直にピッタリと触れた果実を腰を振って上下させた。淫らで、愛らしい、奉仕だった。

それをやめさせ、マルの腰を抱き上げた、切っ先の上に忠実な花びらを固定する。先端でツン、と肉襞を突くと、マルが甘く喘いだ。

「わたしのこれを欲しがるおまえは、なんだ？」

以前は蔑むためだった問いかけは、甘いものに変化していた。マルはその変化に気づいているだろうか。

ただ熱に潤んだ眼差しで、レシトを一途に――以前と変わらずただただ一途に、見つめて口を開いた。

「ボクは……ご主人様の、もの、です」

答える声は、かつて抱いていた時以上の歓喜が滲んでいた。

「たくさん……たくさん、マルの中に、出して？　ご主人様の匂いで、ボクをいっぱいに……して。あ……あぁ、あぁ……あぁぁぁ――――っ！」

ひと息に、レシトはマルを貫いた。マルの果実から、悦びの蜜が噴き上がる。肉奥が戦慄き、腰が痙攣するように踊った。

「あんっ……イッちゃう、イッちゃったぁ……っ」

嬌声を上げ、絶頂に浸るマルの肉奥を、レシトは続けて突き上げた。解放に蠕動《ぜんどう》する肉襞が、とてつもなくレシトの雄を昂ぶらせる。

「あんっ……あんっ……あんっ……ダメ、っ……突いちゃ、や……気持ちい……が、止まら……ない、っ」

マルが仰け反り、目を見開いて天井を凝視する。唇の端から、唾液がだらしなく滴るのを、レシトは陶然と眺めていた。レシトにされて、マルがここまで感じ切っている。そのことが、レシトにこの上ない全能感を与えた。

――これはわたしのもの。わたしのものだ！

ガツガツと、快楽に意識を飛ばす身体を貪る。腰を打ちつけ、最奥まで男根を捩じ込み、支える両手でマルの乳首を苛めた。時々、腹と腹を密着させて、ペニスも擦り上げてやる。

「やぁぁ……っ」

身も世もなく喘ぎながら、マルが全身を痙攣させる。また湯の中で、プシュと精液が迸った。尻尾がピンと立っている。それを握ると、蕩《とろ》けた声をマルが洩らした。

「あ、あ……ダメ……ダメ……あぅん、気持ち……い、い……」

カプ、とマルがレシトの首筋に噛みついてきた。甘噛みして、クチュクチュと首筋を舐めてくる。

一度目の種付けの頃合いだった。

「マル、イくぞ……くっ」

激しく腰を叩きつけ、熱いマルの中でレシトは最高に自身を硬くし、解き放った。

「あぅぅっ……ご主人様ぁ……っ」

プルン、プルン、とマルの果実が震え、粘液を何度か放つ。レシトの蜜液を腹中で味わい、また達してしまったのだ。

可愛い、レシトだけの牝犬だった。特別な牝犬だった。

「——マル、まだ寝るのは早いぞ」

まだ足りない。ここのところ、レシトの中に巣食い続けた苛立ちは、消えていた。

マルに満たされる。それは、レシトがやっとマルを受け入れた瞬間だった。

同じ頃、ヴィクセル辺境伯家の屋敷に程近い位置にあるマルクーゼ公爵家で、公爵と中年の男が密会していた。

「――色が違う？」

「はい。こそこそと調べている様子ですし、なにか関係があるのではと」

「ふん」

公爵が顎に指を当て、なにか思案する。

ヴィクセル辺境伯について調べていた男が、選定の儀での伯爵と従者の遣り取りを報告してきたのだが、内容に不安を掻き立てられる。

辺境伯には魔素が見える。もしや、そのことを従者と話し合っていたのだろうか。

魔素が見えることで、こちらの秘密に勘づいたとしたら――。

「王妃に知らせ、なにか手を打っていただいたほうがいいであろう」

公爵は呟き、早速、実妹である王妃に密書を送った。

§第九章

足りなくなっている浴室のタオル類を補充し、寝室でベッドのシーツも取り換える。マルはご機嫌だった。浴室でもう一度レシトに匂い付けしてもらってから、マルは頻繁にレシトのベッドに呼ばれるようになっていた。昨夜も、たくさんしてもらったからか、いまだに腰が疼くような心地よさを感じている。

それに、前よりもやさしい。以前はもっと、上位者のマーキングといった体で、乱暴なところが――それはそれでご主人様の強さが感じられて好きだったけれど――あったが、再開してからのレシトはマルの快感をひたすら高めながら抱いてくれて、なんだか甘い心持ちになる。

汚れ物を洗濯場に運びながら、マルはそれにギュッと顔を埋めた。ご主人様のシーツだから、匂いがたっぷりついていて、嗅ぐだけでうっとりする。一緒に寝た自分の匂いが混ざっているのが、またなんとも言えない。叫んで走り出したくなるような、耳たぶが熱くて胸がドキドキするような、不思議な気持ちがした。

ご主人様が好き。好きという気持ちが全身から溢れて、どうしようもない。

自分はなんて幸せ者なのだろう。

気持ちが昂ってどうしようもなくなり、マルはシーツを洗濯場に運ぶと、そこから外に飛び出て、庭園をひと走りして気持ちを落ち着かせてから、屋敷内に戻ることにした。

空は青くて、夏の暑さで日差しも眩しかったけれど、かまいやしない。「ご主人様ーっ！」と叫びたいのを我慢して、マルは喜びのダッシュを満喫した。

しばらく走り回ったところで、ライエルに呼び留められる。ライエルは、マルが走り回っていた場所近くの木にもたれて、手を振っていた。

「どうした、マル。なにかの罰で、走り込みを命じられたのか？」

「違います！　なんか嬉しくって、わーって走りたくなったんです」

マルは駆け寄り、ニコニコとライエルを見上げた。十六歳というにはいささか子供っぽい態度だったが、マルには似合いで、ライエルはクックッと笑う。

「嬉しいって、なにがあったんだ？　こういうことを言うのは本来あれだが、本当に犬みたいだなぁ、マルは」

「へへへ、だってボク、犬だもん」

「で、なにがあったんだ？」

「えーと」

マルはなぜか、モジモジした。レシトとの行為に関して、『こういうことは他人には言わないものだ』というルールを最初に言われている。だから、もちろんライエルにだって言う気はないが、なんだか身体がモジモジと動き出す。頬がポッと熱くなって、ルールがなくても、なんだか口に出すのが恥ずかしい気分になる。

——えー、なんで恥ずかしいんだろう。

ご主人様に匂い付けしてもらうのは、恥ずかしいことではない。むしろ、誇らしいことなのに。

「……内緒」

上目遣いでライエルを見ながら、マルは結局そう言う。

「なんだよ。俺にも秘密か？　いいことがあったんだろう？　教えろよ」

「ダメ。ライエル様に話したら……うーんと、減るから、ダメ！」

「減る？　なんだそれ」

ライエルが、マルの鼻先を指で弾く。マルはそれに軽く仰け反りながら、自分で自分の言った言葉がよくわからなかった。

どうして、減ると思ったのだろう。楽しいことや嬉しいことはみんなに言って回って、飛び跳ねて喜ぶのが今までのマルだった。『好き』と思った人たちとなんでも分け合うのが当たり前だった。

けれど、レシトとの『これ』はなんだか違う。みんなで分け合うものではなく、マル一人で味わうべきなような……。

自分の感じていることを上手く言葉にできなくて、マルは唇を尖らせて、地面を蹴った。

「だって……減るんだもん。嬉しけど……嬉しいけど……言うと……」

と、見る見るうちに顔が真っ赤になっていった。マルは両手で顔を覆い、うずくまった。

「見ないで！　見ちゃダメ！」

「なんだ、マルもついに色気づいたのか？　わかった、わかった。からかったりしないよ」

笑いながら、ライエルもしゃがみ、顔を隠してうずくまるマルの髪をポンポンと撫でた。

どうして、こんなに恥ずかしい気持ちが湧き起こるのだろう。レシトにされていることは、なんにも恥ずべきものではないのに。誇らかに、皆に話していいことなのに。

と、ライエルがなにか差し出してくる。マルはそっと、ライエルを見上げた。

「なに……ですか？」

今更ながらに言葉遣いを改めたマルに、ライエルが苦笑しながら、手紙をマルに渡してくる。

「秘密のおつかいだ。それを内緒で、伯爵様に渡せるか？　そんな機会はあるか？」

「う？　……はい」

夜の寝支度は、もうほぼマルが一人でやっている。浴槽へ湯を溜めるための魔法の行使も、アザールではなくレシトがしてくれていた。早く二人きりになりたいから、と。

思い出し、またマルの頬が赤くなる。それを眇めた目で見ながら、ライエルが続けた。

「できるなら、頼む。大事な手紙だ」

「わかり……ました。アザールさんにも見つかったらいけないのですか？」

念のために訊ねると、ライエルが顎を撫でながら答える。

「アザールは……まあ、大丈夫だ。だが、他の側仕えの連中が信用できるか、俺にはわからないからな。念のためだ」

「わかりました。じゃあ、伯爵様と二人きりの時に、渡します」

「それで、頼む」

そう言うと、片手を上げて立ち去る。

わざわざこのために、ここに来たのだろうか。ふと、マルは気づいた。

この場所は、普段人気《ひとけ》がない。

――内緒の手紙だから、内緒でボクにも渡したんだな。

今日は頭が冴えている。どういう内緒なのかはわからないが、とにかくちゃんとレシトに渡そう。

マルは手紙を懐にしまい、屋敷に戻った。


夜、寝室に入ると、マルが声を潜めて手紙を差し出してきた。

「アザールさんは大丈夫だけど、他の人は信用できるかわからないから、内緒で渡してくれって、ライエル様に頼まれました」

「ライエルに？」

レシトは片眉を上げると、ソファに腰を下ろしてから、手紙を広げた。

マルが心配そうに、横に立っている。その尻尾を手慰みに触れながら、レシトは手紙を読み進んだ。

それは、ライエルが独自に調査した、マルクーゼ公爵家の内情だった。どうやら、王妃の実家であるのをいいことに、いろいろとやらかしているらしい。下級貴族から役職の斡《あっ》旋《せん》をネタに賄賂《わいろ》を受け取ったり、公爵領の徴税に関して融通を利かせたり、泣かされた商人たちまで調べてある。

また、神殿にも言いがかりをつけて、宝物を差し出させたり、公爵領内の神殿から資産を横取りしたりもしているらしい。神殿も苦情を言いたいようだが、聖女たる王妃が望んでいると言われてはどうしようもなく、泣き寝入りしているらしかった。

レシトも公爵家の様々な噂は聞いていたが、実情までは探っていなかった。注目していたのは、その点ではなかったこともある。

ただ、レシトが公爵家を調べているということはライエルにもわかったらしく、伝手を使ってわざわざ調べてくれたらしい。

「見当違いではあるが……」

こめかみを指で押さえ、レシトは呟いた。マルが小首を傾げている。その翡翠の目は、心配そうでもあった。それを目にし、レシトの心がじんわりと温かくなる。信じられる相手の気遣いが、こんなに胸を温めてくれることを、レシトはこの頃やっと知り始めていた。

手招き、レシトはマルを足元に座らせた。すぐに、マルが甘えるように、レシトの膝に頬をのせてくる。レシトに触れて、マルの口元が嬉しそうに微笑んだ。

レシトは半ば答えのわかっている問いを、マルにした。

「――一人では難しい仕事があって、行き詰ってしまった時。どうする？」

マルがレシトの膝に頭をのせたまま、目だけでキョトンと見上げる。

「お手伝いしてもらいマス。助けてって言えば、助けてくれますよ？　ボクも、お手伝いします」

疑うことを知らないマルの素直な言葉が、レシトの耳に反発することなく入ってくる。

一人でできない時は、誰かに助けてもらう――。

ごく当たり前の話だった。前世で、子役になる前のレシトも知っていたことだ。

ただ、それから子役になり、友達が変わり、両親が変わり、死んで、見知らぬ世界に生まれて、権力に魅せられた母が処刑され、父王に疎まれ、王妃に命を狙われ、貴族たちには日蔭者として遠巻きにされた。誰も、レシトに親身になる大人はいなかった。

成人すれば早々に、臣籍に落とされ、獣魔の氾濫で死ねばいいとばかりに、辺境の領主とされた。つけられた騎士は鼻つまみ者か、レシトを馬鹿にする者か、王妃の息のかかった監視者。仕える家令や執事、従者、側近も似たような連中だった。

だから、レシトは誰も頼れないし、誰も信じられないと思い続けた。ただ機械的に辺境伯爵としての務めを果たし、中には真面目に仕える者も出てきたが、それに対して心が動くことはなかった。心が凍《こお》っていた。

だが、とレシトは己の内心を見つめる。

マルの存在の温かさ。できればマルを、ずっと側に置いておきたい。

けれど、自分にはすでに生まれによる地位があり、前世のように自由な世界ではないここでは、その立場から逃れることはできない。つまり、マルと共に生きるなら、今のままでは危ういということだ。味方を作り、立場を固め、簡単には死なないよう場を整えねばならない。

それは、一人ではできないことだった。

味方――。

ライエルは監視者でこそなかったが、反抗的な騎士であった。どうせひ弱な王子様に辺境での務めは果たせまいと、レシトを侮っていた。

だが、レシトの実力を認めてからは……従っている。主人の行動から推測し、自ら助けになろうとするところまで見せた。

そのライエルが大丈夫だと言っていた、アザール。彼は元々監視者で、レシトの行動を王妃に報告する立場にいた。

今はどうなのだろう。

レシトに鞍替えをすると言ったことは事実だ。それ以来、レシトもそれなりに便利にアザールを使ってきた。ある意味、信頼してきたとも言える。

事実、アザールはレシトに不利なことを王妃に報告していない。たとえば、マルとの関係が王妃に知れれば、勝ち誇ったように、亜人の少年を閨に引きずり込んでいると王に告げ口し、人格攻撃をここぞとばかりに始めるはずなのに、なにもない。マルに目をつけたことはたしかにあったが、それ以降、特にマルを手の内に引き込もうとする行動もなかった。

――もっと……信じてみるべき、か。

王太子から明かされた疑惑を打ち明け、自身の手の者として使うべきか。

レシトは己に問いかけた。他人に信頼を置くのは怖い。信じて、裏切られたらと思うと躊躇われる。ライエルはまだしも、アザールは元々監視者だ。

「……マル。ライエルとアザールを、信じてもよいと思うか？」

レシトの弱い心が、マルにそう訊かせた。

マルが膝から顔を上げて、じっとレシトを見つめた。いつもは無邪気な翡翠の瞳が、静かに真っ直ぐ、レシトに向けられていた。

「ボク……二人は大丈夫だと思う。ご主人様のことを嫌っている匂いがしないから」

「匂い？」

「うん。わかるんだ。ご主人様を嫌う人。悪意のある人。なんか嫌な匂いがする。でも、二人は大丈夫。ボクと同じ、ご主人様を好きって匂いがする」

そう言って、マルがまたレシトの膝に頬を寄せる。スリスリとする仕草が、可愛かった。

――マルと同じ、か。

マルがレシトに向ける好意が、恋情の好きではないことを再確認させられ、わずかに苦笑が浮かぶ。ただ、犬としての意識が強いマルに今以上を求めても仕方がないことも、わかっていた。現状で満足しなくてはいけない。

レシトはマルの髪を撫でながら、ひとつ息を吐く。己の我が儘な感情を封じ、マルが教えてくれたことに意識を向ける。

犬は時に、主人の敵と味方を見分ける。それが何によるものか人間にはわからないが、マルはその野性の勘でレシトの危機を救ってくれた。危険があれば、あの時と同じようにマルは無理にでもレシトを守るために動くだろう。だから……ライエルやアザールがレシトを裏切ることがあれば、マルが先に感づいてくれる、はずだ。

そんなお守りのような保証がなくては決断できない自分が、恥ずかしい。けれど、マルがいれば、自分は誰かを信じられる。信じようと、一歩を踏み出せる。

——勇気を出せ。

マルと共に生きるためにも、他者を信頼し、手を取り合える人間にならなくてはいけない。自分はもう、孤独に震える子供ではない。いい加減、成長しなくてはいけない。

レシトは決意した。

翌日、レシトはライエルとアザールに、王太子の依頼で自分が今、なにをしているのか打ち明けた。そうして、助力を乞うた。

アザールが喜色を浮かべ、ライエルが胸に手を当てて恭しく一礼する。

「どこから調査いたしますか、伯爵様」

ニヤリと笑ってライエルが言えば、アザールも、「今までの進展をお教えくださいませ」と続ける。どちらの目も、ついにレシトの信頼を勝ち得た喜びに輝いていた。

ずっと怖気づいていた自分を、彼らの心情を直視しようとしなかった自分の弱さを、恥じた。

裏切られることは恐ろしい。この世界での裏切りは命に直結するからだ。だが、心を寄せなければ、世界は広がらない。

レシトは、それまでわかったことを二人に明かし、方針を述べる。

「――不敬なことではあるが、わたしはこう仮定する。選別の水晶玉を虹色に輝かせるのは、神々の意思ではなく、魔素量ではないか。魔素量を上げることができれば、どんな人間でも水晶玉を虹色にすることができるのではないか、と。元々、魔素の多い女性が選ばれることは知られている」

「それは……。そういえば、今回の王妃選定の儀では、二人の女性が水晶玉を光らせたのでしたね？」

アザールが確認するように訊いてくる。レシトは頷いた。

「そうだ。そこで、およそ百七十年前の王妃選定の儀ではどうだったのかも知りたい」

「今の王妃殿下と、百七十年ほど前の同じ出自の王妃が続いた時との両方ですね」

「なにか共通項があるかもしれないからな」

マルが魂を見たことは、まだ二人にはしていない。調査に当たって二人に先入観を与えたくなかったし、それに、信頼することに決めたとはいえ、いきなりすべてを詳《つまび》らかにするのは慎重さに欠けると思える。

魂が見えるなど、レシトも聞いたことのない能力であったから、扱いには特に慎重さが要求される。

しばし話し合い、公爵家に伝手のあるライエルが引き続きマルクーゼ公爵家の調査を、神殿に伝手を持つアザールが、神殿関係の調査と、過去の儀式の記録調査を受け持つことになった。レシトは王宮内の図書館で、該当する秘術がないかを調べる。王太子とも連絡を取り、レシトでは手が届かない、隠された資料の調査を依頼する。

こうして、一人で抱え込むことを止めたレシトの許に、続々と資料が集まり始めた。

ご主人様はこのところ、難しい顔をしていることが多い。

マルは心配であった。しかし、マルでは助けになれそうもなく、残念だ。せめて、レシトが気持ちよく日々を過ごせるように、身の回りの世話を頑張るしかなかった。それと、もちろん夜のご奉仕も。

ここのところマルは、自分が気持ちよくなるだけでなく、レシトにも気持ちよくなってもらおうと努力している。

そのせいか、レシトはますますマルを可愛がってくれるようになった。

そんなある日のこと、レシトがいつもの無愛想な様子で、出先から戻ってきた。どこかのお茶会だということで、ライエルを護衛騎士に、アザールが選抜した者を従者に出かけていったが、どうだったのだろうか。

――奥様になる人が見つかっているといいんだけどなぁ。

ちょっぴり胸がツキンとしたが、マルはそれを無視して、レシトのためにそう願う。マルはレシトを気持ちよくはできても、子供は産めない。人間には子供を産む番いが必要だ。そうして家族を作って、一人前だ。

マルは帰ってきたレシトをニコニコと出迎え、着替えを手伝うために私室に入った。お茶会のための衣装から、普段着に変更だ。

しかし、アザールが選んでくれた着替えを持って入った時。屋敷の外から、複数の騎士が鎧を鳴らしてやって来る音が聞こえ、レシトは窓辺に駆け寄った。外を見て、舌打ちする。

「マル、これを」

すぐにマルへと歩み寄り、ジュストコールの内ポケットから取り出した本と黒い石を、押しつけてくる。

「ご主人様……？」

マルは小首を傾げて、レシトを見上げた。レシトはかまわず乱暴に、マルの腕を掴んだ。

「こっちに来るんだ」

そう言うと、着替えを手にしたままのマルを暖炉へと連れていく。夏場は使用しない暖炉は、灰もなく綺麗だった。その中に頭を入れ、なにか操作する。

と、暖炉の奥が重そうに開いた。

「この中に入れ。なにがあっても、声を上げるな。アザールが来るまで静かにしていろ、いいな」

「でも、ご主人様、どうして……あっ」

マルは暖炉の奥の隠し扉の中に押し込まれる。

「ご主人様！」

慌ててレシトへ取り縋ろうとしたが、それより早く隠し扉を閉ざされてしまう。

いったい何事なのだ。レシトはなにを考えて、マルに命じたのだ。

心臓がドキドキした。なんとか隠し扉を開けようとしたが、取っ手もなく、仕掛けもわからない。そのうちに、外から大きな足音が聞こえてきて、マルは凍りついた。

――声を上げるな。静かにしていろ。

レシトの命令が、頭の中で反芻《はんすう》される。マルは一生懸命考えた。

ご主人様が家に戻ってきて、騎士たちが来た。それで、本と石をマルに持たせて、ご主人様はここに隠れろと命令した。

暗闇の中、マルは手にした本と石を手探りで撫でた。

きっと、これは大事なものだ。騎士たちはこれを奪いに来て、レシトは守ろうと、マルごとここに隠した。マルは、マルは……。

——見つかっちゃ、ダメだ。

外がどうなっているかはわからない。けれど、レシトが命令した。マルはこれを守らなくてはいけない。

本と石を、マルはギュッと抱きしめた。

レシトが無事であることを祈った。

アザールが早く来てくれることを願った。

夜になってやって来たアザールによって、マルはレシトが捕らえられたことを知った。

王太子の暗殺を謀ったという罪状だった。

§第十章

「――本来ならば、しかるべき礼をもって捕らえるべきです。臣籍に下ったとはいえ、伯爵様は王家の血を引く方なのですから」

薄闇の中、アザールが憤懣《ふんまん》やるかたない様子で吐き出す。レシトの部屋の隠し部屋には、アザールの他にライエルも来ていた。二人で、マルの無事を確認しに来てくれたのだ。

アザールに同調するライエルも悔しそうだ。

「まさか、王妃が我が子を使ってまで、伯爵様を罠に嵌めようとするとは思わなかった。油断した」

ヴィクセル辺境伯爵邸は、静まり返っている。レシトが騎士によって捕縛され、余人の屋敷への出入りは禁じられた。マルたち使用人は、屋敷内に押し込められていた。

ただオトクルら王妃の息のかかった者だけは、隠された毒を発見したという功績により、王宮に戻っている。元々、王家の騎士だったためだ。

アザールも王妃の監視者であったが、レシトに心を寄せていることで、屋敷に押し留められていた。

そうなることはある程度予測できていたから、とアザールに動揺はない。レシトの側についたことをあからさまにこそしていないが、隠してもいなかったから、当然だと言っていた。

「仕方がありません、ライエル。微量とはいえ、伯爵様を陥れるために、大切な切り札である王太子殿下に毒を盛るとは、誰も予想しません。国王陛下からたいして寵愛されていない王妃にとって、次代の王の生母であることは、重要ですからね。まさか、それを危うくしかねない手を打ってくるとは思いませんでした。――だが、それもこれを見ればわかります。マル、よくやりましたね」

褒められ、マルは首を左右に振る。

「ううん、ボクがよくやったんじゃないです。伯爵様が、ボクに託して、隠してくれたんです」

「言いつけを守り、騒がす、見つからず、わたしにこれを渡せたのです。伯爵様大事のおまえが、よく辛抱しました」

そう言われ、マルの目に涙が滲む。本当は大騒ぎをしたかった。レシトを守るために、マルも飛び出していきたかった。

その我慢の苦しさ理解してもらえたことに、泣きそうになる。

けれど、メソメソ泣いていい場合ではない。マルはグイと、目尻の涙を拳で拭った。それよりも、大事なことがある。

「伯爵様を、どうしたら助けられますか？　伯爵様は王太子様と仲が良さそうだった、よ。伯爵様が毒を盛るなんて、しません」

「そうだな。俺たちもそれはわかっている。だが……」

ライエルがマルの髪を撫でながら、口を閉ざした。その顔にいつものにやついた笑みはない。アザールに視線を向けると、彼も難しい顔をして考え込んでいた。

「……王太子殿下が、今回のことをどう考えておられるのか、わたしたちではわかりません。毒を盛られたと信じておられるのか、それとも、王妃の罠だと悟っておられるのか」

「手紙は出せないのですか？」

「正門も裏門も、兵士が見張っています。とても無理です。なんとか外に出る手段があれば、王宮は無理ですが、反王妃派の貴族に密書を届けることもできるのですが……」

レシトを助けるために動こうにも、こう見張られていては難しい。

「鳥でも飛ばせればいいんだが、仕込んでいる鳥の飼育場にも兵士がいる」

ライエルが両手を広げて、頭を振る。以前の世界で言う『伝書鳩《でんしょばと》』のような鳥がこちらにもいるらしい。秘密の知らせに人を使うよりも、鳥のほうがずっと人目につかない。鳥はどこでも飛んでいるから、警戒するにしても難しいのだろう。

――鳥……そうだ。

鳥がダメなら、犬はどうだろう。自分が犬に戻って、伝言の役を果たせたら。

口を開こうとして、マルはハッと思い出す。マルが犬に戻れることは内緒だと、レシトと約束した。けして他人に言ってはいけないと、きつく命じられた。

それに、と続けて気づく。

――好きなように犬になれるわけじゃない。

自分の意思で自由に変化できるなら役に立てるが、自分でもどうやって犬に戻れるのか、よくわかっていない。

――あの時は、どうやったんだっけ……。

深魔の森でレシトを守ろうとした時、マルは必死で、ただただレシトのことしか考えていなくて、獣魔に飛びかかったら、犬になっていた。小犬のマルだったけれど、なぜか力が漲っていて、あんなでかい獣魔の喉首に噛みつけた。

しかし、どうやって？

マルは額に拳を当て、唸り出す。そんなマルに、アザールたちが声をかける。

「どうしたんだ？」

「なにをやっているのです、マル」

マルは「まずい！」と気を取り直して、二人を見上げる。

「なんでもない、です」

しかし、やっぱり自分が犬になれれば、役に立てると思ってしまう。小犬になれば、どこにだって忍び込み放題だ。なんだったら、王太子の様子だって見に行ける。

マルが悩んでいる間にも、アザールとライエルはどうやってこの事態を打開したらよいか、話し合っている。ただ、この屋敷に押し込められている以上、議論は堂々巡りだ。

言おうか。やっぱりやめようか。言えば、ご主人様の命令に背くことになる。

けれど、このままでは、マルの大事なご主人様が処刑されてしまう。王太子を暗殺しようとしたことはそれほどの重罪だと、アザールとライエルの話からマルにも察せられていた。

ご主人様の命令は大事だ。だが……。

マルは意を決して、口を開く。

「あの！」

「どうしました、マル？」

「なんだ？」

アザールとライエルが、マルを見下ろす。マルはコクリと唾を飲み込み、勇気を出した。

「あの……ボクが……ボクが、鳥になります」

「は？」

ライエルが眉をひそめ、アザールが呆れたように首を振る。

「鳥になるって、あなたは亜人でしょう。獣ではありませんよ」

「でもっ、鳥になれるんです。ボクの場合は犬だけど……」

指をモジモジさせて、マルは打ち明けた。二人の信じようとしない空気を感じて、声を上げる。

「本当です！　ホントは、言っちゃいけないんだけど、ご主人様がダメだって……。でも、このままじゃ、ご主人様が大変だから……だから、ボク、秘密を言います。ボク、深魔の森でご主人様と二人の時、犬になったことがあって、それで、獣魔にも噛みついて」

「……って、あの時のことか？　勝手にマルが一行についてきて、伯爵と二人でオプスィアを狩った時の」

ライエルに、マルは大きく頷いた。

「ご主人様がボクを守ってくれたんだけど、途中で危なくなって、そしたら咄嗟にボク、獣魔に噛みついていて。その時、犬になっていたんです。だから、ボク、犬になれるんです」

「犬って、マル……それではまるで、伝説の聖獣様ではありませんか。犬にも人の形にもなれるだなんて……」

アザールが唖然とする。ライエルも目を見開いていた。

「本当か、マル。おまえが聖獣……」

マルは首を傾げる。セイジュウだなんて、レシトは言っていなかった。

「セイジュウって、なに?」

「聖なる獣という意味です。昔、人の姿にもなれる聖なる獣がおり、神の使いであったと。時に、人を助け、導いてくれたとも伝えられています。伝説の生き物です」

説明され、マルは情けない声を上げる。

「えぇ……ボク、そんな立派じゃないよ? ただの犬だよ?」

「だが、犬にもなれるのだろう?」

ライエルがなぜか、膝をついて神妙な口調で訊いてきた。アザールも同じ体勢になっている。

マルは困ってしまう。なぜなら。

「……犬になれたけど、一度だけなんです。戻る時も、ご主人様に助けてもらって」

「その時は、どうやったのですか?」

「んと、ご主人様の地竜が教えてくれて、ご主人様の魔素をボクに流してくれて、それで、魔素の流れを辿っていたら、なんか戻った、ました」

「試してみましょう」

アザールが手を差し出してきたので、マルはそれに素直に手をのせる。軽く握られ、すぐに温かなものが指先から流れてきた。しかし、レシトにされたそれより弱い。

アザールの魔素は指先からマルの指に入り込み、掌を通って、腕を流れ……途切れた。

「うーんと、うーんと、あの時はご主人様の魔素がボクのお腹にまで届いたの」

マルはなんとか、深魔の森での感覚を思い出そうとする。森では、犬から亜人に戻ったが、同じことをすれば今度は亜人から犬になれる気がなんとなくした。

「伯爵様の魔素は膨大だ。おまえ一人のでは足りないのだろう。俺もやろう」

ライエルも手を差し出してくる。二人の手をギュッと握り、マルも今度こそと、集中するために目を閉じた。タイミングを合わせて、二人の魔素がマルの中に入り込んでくる。

――気持ち……悪……。

二つの種類の魔素が入り込み、マルは吐きそうになるのをこらえる。一人分だけならなんともなかったのに、二人分となると魔素の感じが変わって……。そう、まるで王妃や選定の儀で選ばれた少女のような濁った風合いになって、気持ちが悪かった。

しかし、その分量は充分で、二人の魔素がマルの身体の芯まで届く。腹の底がじわじわと温かくなってきた。そうすると、自分の魔素が、マルにも感じ取れるようになる。

――あ……流れる。

魔素が動き始めて、マルは犬になりたいと願った。なんとなく、そうするべきだと思ったからだ。

「……っ」

「……なっ」

アザールが息を呑み、ライエルが小さく声を上げる。

目を閉じたままのマルは、自分がどうなっているのかわからない。ただ全身が魔素の温かさに包まれて、大きな鍋の中でグルグルと煮られている心地になった。

そうして、ガクンと身体が落ちた。落ちきる前に、ライエルが抱き止めてくれる。

「ワン！」

マルから、聞き慣れた犬の鳴き声が飛び出た。アザールとライエルが、目を丸くしている。ライエルに抱き上げられた小犬の身体、床には服が落ちていた。

「本当に、聖獣……」

呆然と呟くアザールに、ライエルが恭しく頭《こうべ》を垂れる。

「ワフ、ワフ」

上手に犬に戻れて、マルは嬉しくてライエルの手をペロペロと舐める。その様はまるきり可愛い小犬で、聖獣の尊さは微塵もなかった。

舐められるくすぐったさに、ライエルの態度が崩れる。

「おい、マル、やめろ……ったく、まったく聖獣様らしく見えないが」

「可愛らしいですね」

「ワフ、キュン」

自分が手紙を届けると、ライエルの手をタシタシと叩く。犬になれたのはよかったが、こうなると言葉が通じなくなるのが困った。

話したくなり、もう一度、今度は自力で、身体の中のもやもやしたもの——それが魔素なのだが——を、亜人になりたいと願って流す。すると。

「…………わっ！」

抱き上げていたマルが変化し始め、ライエルが慌てて、マルを床に下ろした。グルグルと、また鍋の中で掻き回されるような感覚があって、マルは亜人に戻る。

「プハッ……亜人に戻れた。ね？　ボクなら、お手紙を渡せるよ。王宮にだって忍び込む、ます！」

亜人に戻っても声が出ない様子の二人に、マルはせがんだ。これで、マルも役に立てる。

それが一番大事だった。


今、マルは大作戦を実行中だ。王太子がレシトの味方か否か、それを確認するために王宮に忍び込んでいた。

だが、その前に。

——だって、ご主人様の匂いがしたんだもん。

王宮に物資を運び込む荷車に忍び込んで、無事、内部に入り込んだマルは、王太子宮を目指す間に、ふとレシトの匂いを嗅ぎ取った。

ご主人様が無事なのか、一目でも確かめたい。今のマルは犬だから、見つかってもたいしたことはない。

そんな考えがマルの気を大きくして、一路、マルをレシトの匂いへと向かわせた。クンクンと辿り、いかめしい建物に着く。マルは知らないが、それは重要な犯罪人を収監する牢獄棟だった。

見張りの兵士に見つからないよう、フンフンと周囲を探る。

と、一際匂いの強い場所を発見した。地下に光を送る窓のような、穴のような空間が空いていて、鉄格子が嵌っている。そこに無理矢理頭を潜らせた。薄暗い中を見下ろし、マルは「ワン」と吠えた。

レシトがハッとこちらを向く。

ご主人様のところに行くのだ。マルはモゾモゾと身体を蠢かし、鉄格子を通り抜けた。そうして、レシトに向かって落ちていく。

小犬のとんでもない行動にレシトは慌てて手を差し出してきた。抱き止めて、目を丸くする。

「……マル？」

ご主人様がすぐに気づいてくれて、マルは嬉しくて尻尾をブンブン振った。だが、このままでは話せないことに気づき、身体の中の魔素をウンショと動かした。

すぐに亜人への変化が始まり、マルはレシトに抱きついた。

「ご主人様、会いたかった！」

声を弾ませつつも潜めて、マルは喜びを訴える。レシトは唖然とし、次いで険しい顔になった。

「なにをしている。人に知られたら、どうする」

「大丈夫。知っているのは、アザールさんとライエル様だけだよ。屋敷に閉じ込められて身動きできないから、打ち明けたの」

それから、自分がレシトの命令に反したことを思い出し、シュンと謝る。

「ごめんなさい、ご主人様。でも、ご主人様を助けたかったの……」

「マル……」

レシトがため息をつく。見たところ、ひどい目には遭っていないようだった。殴られたり、蹴られたり、傷ついた様子もなかった。

「危ないことを……」

レシトの声が苦しそうだ。床に下ろしてもらったマルはギュッと、レシトに抱きついた。

「危ないのは、ご主人様だよ。ボクは助けるの」

「……預けたものは、アザールに渡したか？」

マルの必死の訴えに、仕方がないと諦めたのか、レシトが訊いてくる。

マルは顔を上げて、大きく頷いた。

「うん！　ちゃんと渡した」

なにが書いてあったの？　とか、あの石はなんなの？　などとは訊かない。自分が人間ほど利口でないことはわかっているから、訊いてもわからないことは訊かないのだ。

その代わりに、できることをちゃんとやる。

「王太子様とは会えた、ですか？」

王太子の様子を窺うのはマルの役目だが、レシトが王太子に会えたのならその判断も訊きたい。そのほうが、きっとアザールたちにも役立つ。

「少し、な。人目を忍んで、会いに来てくださった。王妃がすまないと、謝ってくださったよ」

マルの意図を汲んで答えてくれたレシトに、マルは顔を輝かす。

「じゃあ、王太子様はご主人様を信じてくれているんですね！　よかった」

レシトが苦笑する。

「王妃のやり方はあまりにも見え透いていて、泣きつかれても空々しいだけだったと仰せだった。わたしが核心に迫っていることにも、気づいていらしたよ。だから、王妃が強硬な手段を取ったのだ、と仰せだった。あの本の内容を、おまえも聞いたか？」

問われ、マルは首を横に振った。

「知らない、です。きっと、ボクが聞いても、わからないよ、です」

「そう、か。殿下には既に、わたしの口から伝えている。あとは殿下がいいようにするだろうと、アザールたちには伝えろ」

「ご主人様は？」

レシトが王太子から依頼されている件は、正直マルにとってどうでもいい。それよりも、レシトが助かるのかどうかが重要だった。

「ボク、おつかいだったらできるよ。難しい話はわからないけど、何度だって犬になって、伝書鳩はできる。命令して、ご主人様」

マルは続いて、レシトにせがんだ。

「マル、おまえは……」

ただただ役に立ちたくて訴えたマルに、レシトが片手で目を覆った。しばらくして拳を握り、マルから顔を背ける。

「……ここまでしてくれただけで充分だ。もう危険なことはするな。わたしのことは……できれば忘れてくれ」

絞り出すような声だった。マルは驚愕《きょうがく》し、レシトに取り縋る。ご主人様がなにを言っているのか、わからなかった。

「忘れろって、なに？　どういうこと、ですか⁉」

「言った通りの意味だ。もうなにもしなくていい。わたしにおまえの忠誠はすぎたものだ」

苦しげに言うと、みすぼらしい寝台にドサリと腰を下ろし顔を背けた。

どうして？　どうして？

マルはレシトの前に跪《ひざまず》き、その顔をなんとか覗き込もうとした。今になってレシトから拒まれるのが、信じられなかった。

「ご主人様……どうして？　ボク、ご主人様のためならなんでもできるよ！　させてください。ご主人様……マルのご主人様」

「放してくれ。おまえにこれ以上……くそっ」

苛立たしげに、レシトが自身の膝を拳で叩く。マルはその手に必死で縋りついた。

「ご主人様、ご主人様……ボクが嫌いになったの？　ボクがいらなくなったの？」

涙がジンワリと滲み出す。レシトに嫌われたと思うと、心臓が止まりそうに痛んだ。このまま死んでしまいそうだった。

レシトは無言で、俯く。なにかをこらえるように、唇を噛みしめていた。

マルはキュンキュンと、身体を擦りつけた。犬であったなら、全身でレシトに甘えたところだ。そうして、自分を嫌いにならないでと訴える。

けれど今は亜人だから、言葉にしてせがんだ。

「ご主人様、好き……大好き。だから、嫌いにならないで。ボクを捨てないで。ボク、なにかダメなことをしてしまった？　ご主人様を怒らせてしまった？　ごめんなさい。もうしないから、だから、ボクを嫌いにならないで……」

「そうじゃない！」

レシトがたまりかねたようにマルの言葉を遮る。そうして小さく、「そうじゃない……」と再度呟いた。

マルは首を傾げる。違うというのなら、なんだろう。どうして、急にマルを拒んだのだろう。

また片手で、レシトが顔を覆った。

「……来てくれたのは、嬉しい。わたしのために動いてくれようとするのも、嬉しい。だが……わたしは、おまえの忠誠に値しない」

「値しないって？」

気持ちを落ち着かせるように、レシトが大きく息を吸い、吐いた。そうして、手を外し、マルを見下ろす。

「おまえはいつでも、わたしを好きでいてくれたな。わたしを一番に思っていてくれたな。死んだあとですら、こうして追いかけてきてくれた。そんなおまえを信じず、ひどいことをしたわたしを、許してくれた。いや、受け入れてくれたというべきか……」

「ひどいこと？　ご主人様にひどいことなんて、なにもされていないよ」

マルはキョトンとして、首を傾げる。そんなマルに、レシトは苦笑を浮かべた。

「ひどいことをした。その気もないのに、おまえを抱いて」

「あれはひどいことじゃないよ！　ご主人様にしてもらえて、ボク、嬉しかった」

ポッと、マルの頬が赤くなる。

レシトからされる匂い付けの行為は、マルにとって喜びでしかなかった。犬であった時よりももっとレシトと深く繋がれたような、そんな気持ちがして幸せだった。

そう訴えるマルに、レシトの苦笑に切なさが混ざる。

「おまえはそういうやつだ。本性は犬に近いから、そう思うのかもしれないな。だが、わたしは……」

レシトが胸を押さえる。苦しそうで、痛そうで、マルは代われるものなら代わりたいと、レシトの腹に額をグリグリと押しつける。そのオレンジの髪を、レシトの手が不器用に撫でた。キラキラと、言葉が降ってくる。

「マル、愛していると言ったら、おまえに気持ちは伝わるか。飼い主としてではなく、主人としてでもなく……おまえのすべてを、わたしは欲しい。忠誠ではなく、愛で……おまえにわかるように言うとしたら、唯一の番いのように……おまえに愛されたい。わたしは……我が儘な男だ」

「ご主人様……番いって……」

マルの胸が弾む。支配のためでもなく、順位づけでもなく、マルを……好き？

なんだろう。胸がポカポカする。レシトはそう、マルを『特別』だと言った。忠実な飼い犬以上の存在だと、そう言ってくれた。そうだよね？

マルは気づくと、レシトにギュウギュウ抱きついていた。

「ボク……ボク……ご主人様の番いになっていいの？　ご主人様は、子供を産むための妻を持たないの？」

「いらない。おまえがいれば、他には誰も……。ダメな主人だろう？　忠誠心の強いおまえにこんなことを言えば、拒むわけがない。結局、わたしの想いを押しつけるだけになるのに……すまない。すまない、マル」

声を震わすレシトに、マルは目を大きく見開いて見上げた。

どうして、レシトが謝るのかわからなかった。だってマルも、レシトが言葉にしてくれたことで、やっとわかったのだ。マルは胸を押さえた。

「あのね。ご主人様に妻ができるのは当たり前だってわかっているのに、考えると胸がギュッと痛くなったの。妻ができたら、もう匂い付けもしてもらえないって思って、苦しくて、ここがグルグルしたの。どうしてかなって思って、でも、わからなくて……。だけど、今、わかった。ボク……ボク、ご主人様のこと……好き。番いにしたいって言ってもらえて……嬉しい。嬉しい……ボクも、ご主人様のこと、好き。特別に、好き。ご主人様は全部ボクのものって、思っていいの？」

「マル、おまえは本当に……」

レシトの顔が歪んだ。疑うように、顔が左右に揺れる。

「いや……いや、そこまでわたしに従順でなくていい。これはわたしの勝手な……」

「勝手じゃない！　ボク、馬鹿だから、なかなかちゃんとわからなかったけど……ご主人様が好き。番いにしてくれるって、本気にしていいよね？　本気にしちゃうよ。ボク……ボク、本当は誰にもご主人様を渡したく、ないっ……あ！」

レシトがマルを抱き上げ、強く抱きしめてきた。レシトの体温にマルはキュンとなる。

レシトが好き。ご主人様だからという以上の気持ちで、好き。

「おまえがそんなだから、わたしは……」

「わたしは、なに？　ねえ、ご主人様、早くここから出ようよ。番いになったんだから、ずっと一緒にいたい。ボク、どうしたらいい？　なにをすれば、ご主人様をここから出せる？」

全幅の信頼を込めて、マルはレシトを見つめた。マルには考えもつかないが、レシトならばこれからどうすればいいかきっと知っている。そういう信頼を込めた眼差しだった。

レシトが束の間、唇を噛みしめた。苦しそうに、マルを見つめ返す。

「せめておまえに、危ないことはしてほしくなかったのだが……」

だから、さっき、マルを拒むような言葉を言ったのだろうか。レシトはやさしいと、マルの胸はホワンと温かくなる。だがそれよりも、協力できるほうがずっと嬉しい。

「危なくないよ。大丈夫。小犬になれば、誰もボクだなんて気づかないもん。だから、ご主人様をここから出す手伝いを、ボクにもさせて？　ボクも力になりたい。番いだもん」

「……病める時も、健やかなる時も、か」

「んん？」

マルが首を傾げると、レシトが薄く笑った。目元が和らいでいる。そうして、なにかを決意したようだった。

「もう少し、あがいてみるか。証拠となるものは見つけ出したから、たとえわたしが処刑されても、いずれは真実が明らかになると思ったが……」

「それはダメ！　ご主人様が死ぬなんて、ダメ！」

マルは慌てて、レシトの言葉を否定した。

いったいなにを考えているのだ。死ぬなんて、絶対にダメだ。

そんなマルに苦笑して、レシトがマルの翡翠の目を覗き込む。

「そうだな。思わぬ告白に応えてもらえたのだから、わたしもあがかなくてはな。――手伝ってくれ、マル」

「もちろん！」

マルは顔を輝かせて頷いた。レシトのためならなんでもできる。だって、マルはレシトの忠実な……ではなく、生涯を共にする番いなのだから。

レシトも微笑み、マルにお願いをする。マルはそれをしっかりと聞き、再び子犬に戻ると、名残惜しい気持ちをたっぷり持ちながら、牢獄棟を後にした。レシトと共に、生きるために。

§第十一章

綿密《めんみつ》にレシトや王太子と打ち合わせをする。

マルは密書を届ける役をする間に、レシトの指示で王太子にも自分が犬に戻れることを教えた。

最初は聖獣だと慄いた王太子であったが、レシトの手紙とマルの性格を知ることで、落ち着いた。

マル自身は自分を聖獣だとは思っていない。ただ、犬と亜人、二つの姿を持っているだけだ。

しかし、今回はそれを利用する、と王太子は言う。聖獣からのお告げという形にすれば、王妃を始めとしたマルクーゼ公爵一派の不正を、王に信じてもらいやすいと、判断したのだ。

本来なら、ひとつひとつ証拠を積み上げて証明するべきなのだが、レシトの命がかかっている。グズグズしていたら、証拠を揃える前に、レシトが自死を命じられてしまう。

さらにマルを危険に踏み入らせることになるが、と渋るレシトをマルが説得した。

そうして数日後、レシトは王太子によって密かに牢獄から出された。

王と王妃は、王太子が再び具合を悪くした、と急報を告げられた。

王妃は言うまでもなく、毒殺未遂に続く王太子の不調に、さすがに王も王太子宮に足を運ぶ。

王太子の容態《ようだい》に障るということで人払いされ、静かな寝室に、王と王妃は入室した。王妃は即座にベッドに駆け寄り、王は険しく眉を寄せながら歩み寄った。

それらの気配を、マルはレシトと共に隠れて窺っていた。

マルはレシトの手をギュッと握る。ここが正念場《しょうねんば》であった。教え込まれた台詞《せりふ》の通り、聖獣らしく振る舞わなくてはいけない。そうして、王にレシトの無実と王妃一派の不正を信じてもらわなくては。

力むマルの肩に、レシトの手が触れる。少しだけ、緊張が解けるのをマルは感じた。レシトが側にいる。マルがなにか失敗しかけたら、必ずフォローすると言ってくれた。それに、マルはマルのままでも充分聖獣らしく見えるとも言った。

いかにも神々しい言い回しが上手く言えず、情けなさに泣きべそをかいたマルに、素のままでいいとしてくれたのも、レシトだった。元の無邪気で、礼儀もなにも知らないマルの話し方のほうが、却って世間を知らぬ聖獣の無垢さが出るのではないか、と皆を納得させてくれた。

マルは大きく深呼吸をする。今の自分がすることは、とにかくレシトを擁護すること。王妃の魂が濁っていると伝えること。それから、メッセル王国が穢《けが》されようとしているため、自分はここに現れたのだと言うこと。

最後のくだりは嘘だったが、レシトを助けるためには必要な嘘だった。マルは嘘は苦手だが、レシトを助けるためだったら頑張れる。

それに、アザールやライエル、王太子から、王妃たちを野放しにしていると本当に王国が穢されてしまうと言われていたから、全部が全部嘘というわけではないのだ。

——ボクは、メッセル王国を救うために揺らぎから現れた聖獣。

マルは自分に言い聞かせる。

寝室から、王太子の声が聞こえた。

『兄上が、わたしを殺そうとするはずがないのです。むしろ、命を狙われていたのは兄上のほうです。どうぞその証だてすることを、お許しいただきたく』

王妃が息を呑む。

『……っ！　なにを言っているのです、セラス。この期に及んで、まだあれを庇うのですかっ』

『お静かに。王家の秘中の秘となる話です。それゆえ、わたしの容態を偽り、父上と母上に来ていただいたのです。人払いをして』

『セラスッ』

『確証があるのだな』

王妃を制し、王が静かに問いただす。それに対して、王太子は『無論』と答えた。

王の許しが出る。王太子がレシトを呼んだ。

『兄上、どうぞお入りください』

マルは、レシトと共に控えていた場所から寝室に入った。

「なっ……！　おまえを殺そうとした者を、無断で牢獄から出したのですかっ」

王妃が怒りで顔を紅潮させる。それを無視して、レシトは王に膝を折った。マルも同じく、いささかぎこちなくはあったが、跪いた。

「王太子殿下の御温情により、この場に参じました」

「父上、兄上がお調べになったものを、どうぞご覧ください」

王太子に促され、レシトはマルを通じてアザールから届けられた書物を、父王に捧げた。捕縛される直前、マルに託したあの本だ。すでに、該当の個所を開いてある。

王太子がさり気なくベッドから降り、王妃の背後に立つ。

レシトは冷たく見下ろす父王に、訴えた。

「王太子殿下からのご依頼で調査したものです。なぜ、マルクーゼ公爵家から二代にわたって王妃候補が出ることが可能だったのか、記されております」

「陛下、そんなものは偽りですっ！」

王妃が叫び、王から書物を取り上げようとする。だが、それより早く、王太子が王妃を背後から捕らえた。

「偽りであるならば、そのように慌てずともよいではありませんか、母上。お静かになされませ」

「放しなさい、セラスッ」

騒ぎを尻目に、王は静かに開かれたページを読む。しばらくして、レシトに視線を下ろす。

「これは真《まこと》か？」

「真にございます。そこに書いてある通り、およそ百七十年前の王妃選定の儀でも、リスティア侯爵家が同様の秘術を執り行い、息女を王妃にいたしました。その後、時の王に不正に王妃となったことを気づかれ、密かに族滅されております。秘儀についても隠されたようですが、神殿にこの通り資料が残されており、それをなんらかの方法でマルクーゼ公爵家が知ったのではないかと思われます」

「嘘よっ。そんなのデタラメです！」

否定する王妃に、レシトが顔を向けた。懐から、黒い石を取り出す。本と共に、レシトがマルに持たせたものだ。

「それでは、王妃殿下。この石に魔素を注いでいただけませんか？　秘儀を記した書物と同様、秘匿《ひとく》されていた魔石です。おそらく、前回の不正のあと、作られたのでしょう。二度と同じことが起こらないように、儀式で選定された令嬢に、一度はそれに触れさせたそうです。しかしながら、前回の王妃選定の儀より、ある神官の進言により、使用されなくなったとのことです。マルクーゼ公爵家と懇意《こんい》にしていた神官と聞きますが……。――王妃殿下はこれに触れていませんね。不正に魔素を高めたのでなければ、聖女が触れれば、この石は輝きを取り戻すと言われています。どうか、お試しいただけませんか」

「そ……そのようなもの……」

王妃が後退ろうとする。しかし、王太子がそうはさせなかった。

王がチラリと王妃に視線を送った。試してみろと、その目は言っていた。

レシトは立ち上がり、王妃に石を差し出しつつ歩み寄る。

王妃は喘ぐように顎を上げ、王に訴えた。

「そのような者の言うことを、陛下はお信じになられるのですか？　陛下を裏切った女の産んだ子ですよ。本当に陛下のお胤《たね》かもわからない者の言うことを、王太子を殺そうとした者の言うことを、陛下は信じると仰せなのですか！　その石も、どうせこの者がなにか細工したたに決まっています。王太子のことも、きっと怪しげな術で惑わしたのであろう！

陛下、騙されてはなりませんっ」

「……ふむ。たしかに、石が反応しなかったといって、簡単に信じるのもおかしいの。おまえが差し出したこの本、石が偽物でないとどうして言える」

王の言に、マルはハラハラした。王妃の濁った魂が見える。王や王太子、レシトの輝く魂とはまったく違う。王太后の綺麗な輝きとも違う。

——ご主人様を信じて、王様！

マルは祈るように、静かに佇む王を見上げた。レシトは冷静だった。

「わたしに、この書物や石が本物であるという証明はできません。証だてをする時間がございませんでした。しかし、マルクーゼ公爵家がなんらかの不正を行ったのではないかという傍証はございます」

「それは？」

王が促す。王妃の言に対してもそうだったが、温度を感じない、冷めた口調だった。父親なのに、とマルは恨めしく感じたが、レシトはとうにその父親の冷たさを乗り越えているようだった。

「たとえ、途中で王妃候補が選別されても、最後まで令嬢方を水晶に触れさせるのは、万が一の事態のためだと聞きます。時に、水晶は二人の令嬢を王妃候補にすると。しかしながら、その慣習が始まったのは、百七十年前の選定の儀以降からとのこと。当時、リスティア侯爵家から二人目の王妃を娶った王が、その王妃を病で亡くしてから、つまり、王妃一族を族滅させてから、そう定めたと聞きます」

「言い伝えによれば、王妃没後、再び王妃選定の儀を執り行った時、先に水晶が虹色に光ったゆえに、水晶に触れることなく儀式を終えた令嬢の中から、水晶を虹色に輝かせる者が出た。そのため、当時の王が『神は王妃が早世することを知っており、最初から二人の王妃を我に授ける心づもりであったかも知れぬ』と仰せになったことが発端《ほったん》であった」

王が淡々と答える。それにレシトが続けた。

「それから百七十年。水晶が二度、虹色を纏ったのは、前回の王妃選定の義と、今回だけです。どちらも、同じ公爵家が選ばれた時のみ」

「百七十年前の不正時と同じことが、前回、今回の王妃選定の儀で起こっているから、あやしいと申すか」

「もうひとつございます。畏れながら、陛下が即位されて以来、不思議と天災が増えてはおりませんか？　日照り、冷害、水不足、洪水。毎年、なにかがございます。同様に、不正の女性が王妃であった十年間も、多くの災害に見舞われました。王と王妃の魔素が王国を支え、豊かにする。そのために、魔素の多い女性が王妃に選定されているはず。それなのに、なぜ、現王妃イレーネ様と百七十年前の不正の王妃ガイラとで、同じような国の不幸が起こるのでしょう」

二つの傍証に、王は黙り込む。

王太子が息を吐いた。

「兄上、やはり父上には神々の御意志をお見せするよりほかありません。マル様、どうぞ神より遣わされた証を、わたしたち愚かな人間にお見せください」

恭しく、王太子がマルに願った。

今こそ、マルの出番だ。マルは立ち上がり、身体の中の魔素の流れを意識する。その流れに思いを乗せて、犬になりたいと祈った。

「……お、おぉ……」

「……ひっ」

王の驚きの声が上がる。王妃が悲鳴を呑み込んだ。

いつものグルグルと鍋の中を掻き回されるような感覚のあと、マルは可愛らしい柴の小犬の姿に変化していた。

「聖獣……」

王が一歩、後退り、呻くように洩らす。王太子に捕らえられている王妃から力が抜け、ヘナヘナと座り込んだ。

それからすぐに、マルは元の亜人に姿を戻す。犬の姿ではヒトの言葉が話せないため、それを気取られる前に亜人に戻る必要があった。完全に犬でしかない、というのは、やはり聖なる獣としては少し神聖性に欠けて見えるからだ。

犬になったことで一旦服が床に落ちてしまい、素っ裸になったマルを、レシトが素早くベッドからシーツを剥ぎ取り、覆ってくれる。そうして横抱きに抱き上げ、王と王妃にマルを示した。

いつものままのマルで。腕の力強さにその言葉を思い出し、マルは口を開く。ごく無邪気に、子供のような無垢さで。

「どうして、ご……レシトを信じてくれないの？」

ご主人様と言いかけて、ちゃんと名前で言い直す。今のマルはえらい聖獣なのだから、レシトのことも呼び捨てにするようにと、言われていた。

王がさっと膝をついた。座り込んだ王妃の後ろで、王太子も恭しげに跪く。

「その女の人の魂は、とっても濁っているのに、わからないの？　いろいろな色が混ざって、すごく変な色だよ？　この間、次の王妃様に選ばれた人も、汚かったなぁ」

「魂が、見えるのですか……！」

王が驚いたように、目を見開く。さっきまで冷淡だった王が、感情を露《あら》わにする様に、マルは可笑しくなって、少しだけ笑ってしまった。

「見えるよ？　だから、レシトと王太子に教えてあげたんだよ？」

「なんと……」

王が感嘆し、王妃がなにかブツブツと呟いている。耳を澄ますと、「こんなの嘘よ……聖獣が本当にいるなんて……わたし、罰されるの……?」と言っているのが聞こえた。

王が、手にしていた書物に視線を落とす。

「それではこれは、本物だったのか……」

「おそらく、再び真似する者が現れないよう、秘匿したのが裏目に出たのでしょう。隠しすぎて伝承が途切れたことが、まずかったのではと」

レシトが静かに告げる。王太子暗殺未遂の罪で捕らえられたのは、本当にギリギリのタイミングであった。アザールやライエルを使っての調査で、神殿に伝わる書が、マルクーゼ公爵家と懇意の神官の手で写し取られ、公爵家に渡った。先代の公爵は思いがけないものが手に入ったことで野心を抱き、複数の人間を生贄に、その魔素をイレーネに注ぎ込むことで彼女の魔素量を増やした。

そして、ここからは推測だが、複数の人間の魔素で嵩増《かさま》ししたため、吸収された人間の数だけ魂が濁り、マーブル模様に変化したのだろうと思われる。

「王太子殿下暗殺未遂の罪で捕縛されていなければ、今頃、この調査は王太子殿下に報告され、国王陛下にも伝えられたはずです」

レシトの言葉に、王太子が続ける。

「つまり、父上。兄上に、わたしを暗殺する理由はないのです。そのようなことをせずとも、この件が明らかになれば、自動的に、わたしは王太子の立場から退くことになる」

「……セラス！」

王妃が息子を振り仰ぎ、それから、なにかに気づいたように、レシトを睨んだ。

「やっぱりおまえは、自分が王になりたかったのね！　今さらすべてを暴いて、この子を引きずり降ろしたかったのでしょう！　陛下、陛下っ、これはこの者の陰謀です。わたくしとセラスの地位を奪おうとする、この者の企みですっ！」

「——黙れっ！　王妃の地位に相応しくない偽者が！　第二王妃が早くに亡くなったのは、もしや……っ」

王が王妃を責める。話がわからなくて首を捻るマルに、レシトがそっと教えてくれた。

「さっき、前回の選定の儀でもう一人、水晶に選ばれた女性がいると言っただろう？　彼女は第二王妃として迎えられたが、ほどなくして病を得て、亡くなった。そのことを、国王陛下は言っておられる」

「王妃が殺したの？」

囁き返したマルに、王太子の苦い声が聞こえた。

「母上が殺《あや》めたのは、第二王妃だけではない。兄上の母上を罠に嵌めたのも、何人か産まれるはずだった、あるいは産まれた弟妹たちが消えたのも、母上の仕業だ」

「な、なにを言うのです、セラス！」

「知っているのですよ、母上。子供の頃から、あなたの振る舞いを見ています。それに、証拠ならば、あなたの侍女と女官を調べれば、いくらでもわかることでしょう。――そうですよね、父上」

「……そうだ」

王が片手で顔を覆った。すべてが明らかになり、王を鎧《よろ》う凍《こご》えた冷静さが剥ぎ取られている。

「こんな女でも、聖女であると信じ、見逃し続けた……」

「聖女は偽物です。本物の聖女は、この女に殺されました。わたしも罪の子です。どうぞ、御処分を――」

「いや……いや、処断されるなんて……」

王妃がうずくまって、呻く。それに対して、王太子は恬淡《てんたん》とした態度だった。

「兄上、父上の子はあなた一人です。どうか、本物の聖女を娶り、王となって……」

「いや、わたしは王にならない」

レシトが、王太子を遮る。それに対して、王が苦渋の顔を見せた。

「しかし、王妃が不正に地位を得た以上、その血を引いたセラスは王に相応しくない。百七十年前に王妃のみならず、王子も病死とされたのは、それが理由なのだろう？」

マルの心臓が痛む。

王やセラスの言う通りならば、レシトは王太子になり、王妃選定の儀で選ばれた、もう一人の令嬢を妻に娶らなくてはならない。彼女と子供を作らなくてはいけない。

——でも……でも……。

レシトはマルを好きだと言った。愛していると言ってくれた。マルもレシトを好きで、特別『好き』で……。

フッと、レシトの目尻が笑んだ。

「マル様、王太子殿下の魂は、どう見えますか？」

マルは首を傾げ、セラスを見下ろす。以前見た時と同じに、セラスの魂は輝いていた。

「王太子の魂はとっても綺麗だよ。キラキラ輝いてる」

その言葉に、セラスが目を見開く。そういえば、レシトには王太子の魂の様子を言ったことはあるが、セラスには言っていなかった。

「わたしの魂が……輝いて……？」

マルは大きく頷いた。本当のことだから、スラスラと答えられる。

「うん。爽やかな初夏の緑で、王様と同じくらい輝いてるよ」

レシトがにっこりと笑った。

「ならば、陛下。王太子殿下の魂は、そこの罪人の穢れに染まっていないということでしょう。その証に、わたしから真実を伝えられても、恐れず、陛下にそれを伝えられた。

これほど、将来の王に相応しい方はおられません」

「しかし、おまえはそれでよいのか」

王がぎこちなく問いかける。真実はこれからさらに明らかにされるとしても、今はまだ、不貞の子と信じていたレシトに対して、いきなり父親らしい態度は取れないのだろう。

レシトは首を横に振った。抱き上げたマルを見つめ、それから、王に一礼する。

「わたしの心は、すでに聖獣様に捧げておりますれば。我が子が生まれることはありません」

マルの心が飛び跳ねる。レシトが選んでくれた。マルと一緒にいてくれると言った。嬉しい。嬉しい。尻尾がブンブンと揺れる。

「それは……！」

王が絶句し、セラスもハッとしてレシトとマルを見上げる。王妃だけが、歪んだ笑みを浮かべていた。

「薄汚い男色家が……！」

その吐き捨てに、誰も同調しなかった。

王はしばし瞑目《めいもく》したのち、レシトに抱きつくマルを見つめた。嬉しげにレシトに頬をすり寄せているマルは、どう見てもレシトの考えを歓迎している。

それで、やむなしと考えたようだった。

「――聖獣様の御意志に従います」

胸に手を当てて拝礼し、セラスへと視線を向けた。

「聖獣様のご慈悲に感謝し、共にこの国の膿《うみ》を出そう。王太子として励め、セラス」

「……身命を賭して、良き王となれるよう精進《しょうじん》いたします」

覚悟を定めたように、セラスが王に、そしてマルへと頭を下げた。

マルは少し、ドギマギする。本当は聖獣などではないから、どうしてよいか困ってしまう。けれど、マルはすべてを丸く収めるために聖獣の振りをすると決めたのだ。それでレシトが大丈夫になる。

――えーと、この場合、王太子様を応援したほうがいいんだよね、きっと。

マルはできるだけいつもと同じようににこやかに、口を開いた。

「王太子は良い王になるよ。大丈夫！」

無邪気な子供のような言い方はいつものマルそのものだったが、その無垢さが逆に、王には聖なる生き物に見えるのだろう。感激の面持ちで、マルに礼を取った。

レシトがよくやったというように、マルの髪を撫でる。セラスが少しだけ苦笑していた。

「殿下――」

と、レシトが控え目に、セラスを促した。セラスが大きく頷く。

「父上、勝手ながら事の重大さを鑑み、王妃の女官、侍女、及び公爵家の者どもを捕らえるための、手配をしております。捕縛の合図を送ってよろしゅうございますか？」

「逃亡を防ぐためにはやむをえまい。よい。王妃と共に、すべて牢獄に入れよ」

「はっ！」

セラスがレシトに目くばせし、レシトが魔法でなにかを飛ばす。それで一斉に、王宮、貴族街での捕縛が始まった。

セラスに拘束されている王妃が、ガックリと項垂《うなだ》れた。

§終章

王妃を始め、公爵家の一門は処刑された。自死も許されない、厳しい処罰だった。

王妃選定の儀で水晶を虹色に光らせた公爵令嬢も、今一人虹色に光らせた令嬢と共に公衆の面前——といっても貴族たちの前、という意味だが——で、例の黒い石を握らされ、石が輝きを取り戻すか否か、確認された。

案の定、公爵令嬢は石を輝かすことができず、偽りの聖女であることが証明された。

王太子の妃は、今一人の令嬢——マーゴット・フォセ・プロフィータ公爵令嬢と決まり、二人は未来の王、王妃として、披露《ひろう》された。

セラスについては、偽りの聖女の息子ということで疑義《ぎぎ》を呈《てい》する貴族はいたが、レシトの生母の疑惑をあえて晴らさずにおいたため、間違いなく王の血を受けている息子はセラスだけという意見が大勢を占めたこと。自身の失脚《しっきゃく》を恐れず、王妃及びマルクーゼ公爵家の疑惑を追及し、捕らえた功績があったこと。

それらが評価され、貴族たちの支持を得ることができた。

レシトの生母の濡れ衣をあえて晴らさなかったのは、レシトの要求だ。

マルを聖獣として表に出さないためには、それ以外で、セラスが王太子として相応しい理由を示す必要があり、自らそう願い出た。

王もセラスも、それではレシトに対する偏見がそのままだと反対したが、それよりも聖獣の存在を公にしないことのほうが大事だと説得した。

聖獣は自身の公表を望んでいない。

また、聖獣がレシトを伴侶にしたことが公になれば、王位継承問題が再び勃発し、王国にとっての不利益になる。それは、聖獣も厭うところだ。

それらの理由から、王もセラスもしぶしぶ、レシトの提案を受け入れた。

ただし、疑惑を晴らすことはしないが、重用はすると宣言されている。

表向きには、セラスは異母兄としてレシトを重用し、レシトはその重用に応える意味で、将来の王国に混乱の種を残さないとの理由をつけて、生涯独身を宣言する。そうして、マルという同性の伴侶がいることを、既成事実化していく。

そういった取り決めが、王、セラスとの間で話し合われた。

王とは結局ぎこちないままだが、セラスとは兄弟らしく仲が良いので、マルはホッとしている。やっぱり家族と仲良くできるというのは、いいことだと思う。今ではマルも家族の一員だけれども。

ペットは家族の一員と、日本では言うこともあったけれど、やはりただのペットと伴侶では違う気がする。

だって、伴侶であったら——。


「レシトのペニス、舐めたい」

夜、ベッドの中でマルはそうおねだりする。以前はご主人様と呼んでいたのだけれど、名前で呼ぶようレシトにせがまれ、従者として側にいる昼間以外はすっかりそう呼ぶようになっていた。

伯爵様とかご主人様と呼ぶのも好きなのだが、レシトと名前を呼ぶのはもっと好きだ。甘い意味合いまでついているから、よけいにマルをうっとりさせた。

マルに直截に求められて、レシトは苦笑している。犬の意識が強いマルに、恥の概念は薄かったから、気持ちいいことは素直に求める。それが少し恥ずかしいような、可愛いような、そんな心地がレシトはするようだった。

半身を起こして、マルが足の間に入るのを許す。うずくまるマルのお尻に、レシトの手が伸びた。すでに、二人共に全裸だ。

「ん……美味ひ……ひゃうっ」

レシトの大きなペニスに舌を這わせたマルの声が裏返る。ぬめりを帯びたレシトの指が、後孔にヌルと入り込んできたからだ。

「それ……ダメェ……んっ」

「どうしてだ？　マルがわたしを舐めてくれている間に、準備をしているだけだよ」

そう言いながら、指で中にヌルヌルしたものを塗り込んでいき、もう片方の手で尻尾をやさしく扱く。

尻を弄られながら尻尾を扱かれると、マルからヘナヘナと力が抜けていく。尾骶骨《びていこつ》がジンとして、気持ちよくなってしまうのだ。

マルはレシトの怒張を握ったまま、ただ頬をすり寄せるだけになる。

そんなマルにレシトはクスクス笑った。マルがちゃんとできなくても、レシトは怒ったりしない。ただ、なにをしても可愛いと言われ、マルは困ってしまう。そんなふうに言われると、嬉しいような、ムズムズするような、身体の奥から熱くなるような、なんだか蕩けてしまうような心地になるのだ。それからむしょうに、なにか叫んで、顔を覆いたくなる。

「ぁ……んっ、恥ずか……し……あぅぅ」

言葉に出すと、どうしてかエッチな心地になる。入り込んだレシトの指をキュウキュウと締めつけて、腰がモジモジと動いてしまう。

なにもかもが耐えられない気持ちになって、マルは目の前の男根に舌を伸ばした。気持ちよく腰を動かしながら、レシトのペニスを舐める。

「あっ……ん、っ……美味し……ん」

キスして、熱い剛直に頬ずりする。ビクビクとレシトが反応して、さらに逞しくなる。

「ふ……小犬がミルクを舐めているようだな」

「ミルク……出して……」

レシトの精液が欲しい。舐めると苦いのに、いつまでも味わっていたくなる。

「んっ……」

大きく口を開けて、マルはレシトのペニスを咥え込んだ。そのまま上目遣いにレシトを見上げ、ねだる。

「フェシト《レシト》、ふぁして《出して》……」

「くっ……」

ビクンと口の中の怒張が揺れると、少しだけピュッと精液が、マルの口に吐き出された。

レシトがマルを抱き起こす。

「くそ……あんまり可愛いことをするから、出してしまったじゃないか」

悔しそうに、額に額を押し当て、レシトがマルを睨んだ。ただし、出したといってもまだレシトの雄は興奮している。

マルは口の中に出された精液を味わうように舌で転がし、それからゆっくりと飲み込んだ。

「美味しい……」

実際の味ではなく、心が美味しさを感じる。

しかし、再びすり寄ろうとしたマルに、レシトは己の下肢を跨ぐよう促した。両足を開いたマルの後孔に、まだ硬いままの剛直を押し当て、囁く。

「わたしは、こっちのほうを味わいたい」

「あ、ん……っ」

腰を落とすよう導かれ、マルは自らもレシトの剣を呑み込むために、下肢を沈めていった。熱い切っ先が花襞を広げ、ヌル、と入り込んでくる。

「あ、あんん……レシト、気持ち……いぃ」

レシトの雄で貫かれるのは、なにより気持ちがいい。レシトの番いにされるのは、どんな行為よりも昂る。

今ではレシトとの行為は公認で、屋敷内ではどれだけじゃれついても怒られないのが嬉しかった。外でもたまに、キスをされたりするけれど。

マルはレシトの伴侶で、レシトはマルの伴侶なのだ。愛し合うことに制限はなく、どこまでもレシトとひとつでいられる。

レシトを追いかけてこの世界に来た時、こんなふうになれるとは思ってもいなかった。犬のマルはただのペットだったけれど、亜人になれたおかげで、レシトと言葉が交わせ、愛し合えるようになった。だから、嬉しい。とにかく嬉しい。

深々と呑み込んだレシトの雄に奉仕しながら、マルは昂ぶる想いのままに訴えた。

「レシト……好き……好き……愛して、る……あんっ」

下肢を揺らすマルの腰を支えるレシトも、うっとりとマルを見つめて、何度もキスをねだってくる。

「マル……ん、ふ……マル……わたしも、愛してる……んっ」

チュッ、チュッ、と唇を合わせ、全身でひとつに繋がり合う。

マルは幸せだった。レシトと愛し合える今が、一番幸せだった。

「あんっ……あんっ……好きぃ、っ！」

熱い肉棒で奥の弱みを抉られ、マルは吐精しながら好きと叫ぶ。レシトが低く呻き、マルを抱きしめてくれた。だが、下から突き上げる動きは止まらない。

絶頂に痙攣する身体を強引に開かれ、ピンと尖った乳首を舐められる。吸われて、マルは二度目の、吐精を伴わない絶頂に至った。

「あ――――……っっ！」

その最奥に、レシトが蜜を迸らせる。

「……く、マル」

二人して硬直し、マルの中にはドクドクとレシトの胤が注ぎ込まれる。

やがて互いに脱力し、抱きしめ合った。

「……マル、愛してる。ずっとこのまま」

息をまだ弾ませたままのレシトの望みに、マルはただ頷くだけだ。

このままずっとレシトとひとつになっていたい。それくらい、マルはレシトと離れがたかった。

「レシト、大好き……レシトだけ、ボクの……愛しい、人」

マルはベッドに横たえられ、繋がったまま上下を入れ替えられる。大きく足を広げて、伸しかかるレシトを迎えた。

言葉はない。ただ貪るように、唇を奪われた。

寝台が軋み、新たな喘ぎが上がり出す。夜っぴて、二人は愛し合った。それを受け入れるだけの体力も、マルにはあるのだ。なにしろ、ヒトというよりも犬なので。

甘い睦言と嬌声は、深夜まで寝室を満たすのだった。

終わり

■あとがき■

お久しぶりです、いとう由貴《ゆき》です。ちょっとタイトルの長い今回のお話、いかがでしたでしょうか。楽しんでいただけると嬉しいです。

さて、この五月から新しい元号がスタートしましたね！　ワタクシにとりましては三つ目の元号で、年齢を数えるのがますます難しくなりましたが、でも！　新しい元号に変わると、やっぱり心機一転な気分になって、いろいろガンバローと思えるのがいいですね。新しい元号・令和《れいわ》が、皆さまにとっても良い時代になるよう、願ってます♪

そんな、新元号に合わせたというわけではないのですが、今回のお話はちょっとワタクシにとりましては新しい試み的な、受くんが今までになく能天気といいますか、苦労が滲まないタイプといいますか、そういう系統で攻めてみました。なにを要求されても、「ありがとうございます！　ご褒美《ほうび》です！」なマルは、自分的ニュータイプ受くんで、書いていてなかなか楽しかったデス。

その分、レシトがグチグチしておりましたが、今後の彼はマルの明るさに感化されて、お幸せな一生を送ってくれるのではないかと期待しています。辺境で好きなだけイチャイチャするといいのです(笑)。

そんなこんなで、お礼です。

イラストを描いて下さいましたれの子先生。レシトがすごく貴族な恰好いい攻になっていて、トキメキました！　マルもすごく可愛くて……。絵の描ける方はなんて素敵なんだろう、とまるで絵心のないワタクシは身もだえしております。ありがとうございました。

それから、担当様。はい……もう、なにも言えません。新元号と共に真人間になりたいと……なりたいと……心の底から願ってます。ご迷惑をおかけして、申し訳ありません。

そして、最後になりましたが、この本を読んで下さった皆様。最近試行錯誤《しこうさくご》しておりますが、新たな試みのこのお話も楽しんでいただけたら、これに勝る喜びはありません。少しずつでも一歩一歩前進していきたいと思っておりますので、お付き合いいただけると嬉しいです。

それではもう一度、令和がよい時代になりますように！

最近五時起きで調子がいい☆いとう由貴

初出
「犬だったボクがご主人様に愛されるまで」
書き下ろし

CHOCOLAT BUNKO

この本を読んでのご意見、ご感想をお寄せ下さい。
作者への手紙もお待ちしております。

あて先
〒171-0014 東京都豊島区池袋2−41−6 第一シャンボールビル 7階
(株)心交社　ショコラ編集部

犬だったボクがご主人様に愛されるまで

2019年5月20日　第1刷

著　者:いとう由貴
発行者:林 高弘
発行所:株式会社　心交社
〒171-0014 東京都豊島区池袋2−41−6
第一シャンボールビル 7階
(編集)03-3980-6337 (営業)03-3959-6169
http://www.chocolat_novels.com/
印刷所:図書印刷 株式会社

CHOCOLAT BUNKO 好評発売中！

うたかたの月

いとう由貴

イラスト・みずかねりょう

おまえの身体は、
男に犯されるのが好きらしい

1902年——日本陸軍大尉の長谷川敦は東欧の大国・アラニア皇帝退位の密命の下、身分を偽りアラニアに入国する。順調に任務を遂行しているかに思えたある日、翡翠の瞳をもつ端正な顔立ちの男フェレンツに秘密警察に素性をばらされたくなければ身体を差し出せと脅されてしまう。敦は母国のため、屈辱に打ち震えながらも言うことを聞くしかなく——。

謎を秘めた貴公子×怜悧な軍人のドラマティック・ラブ。

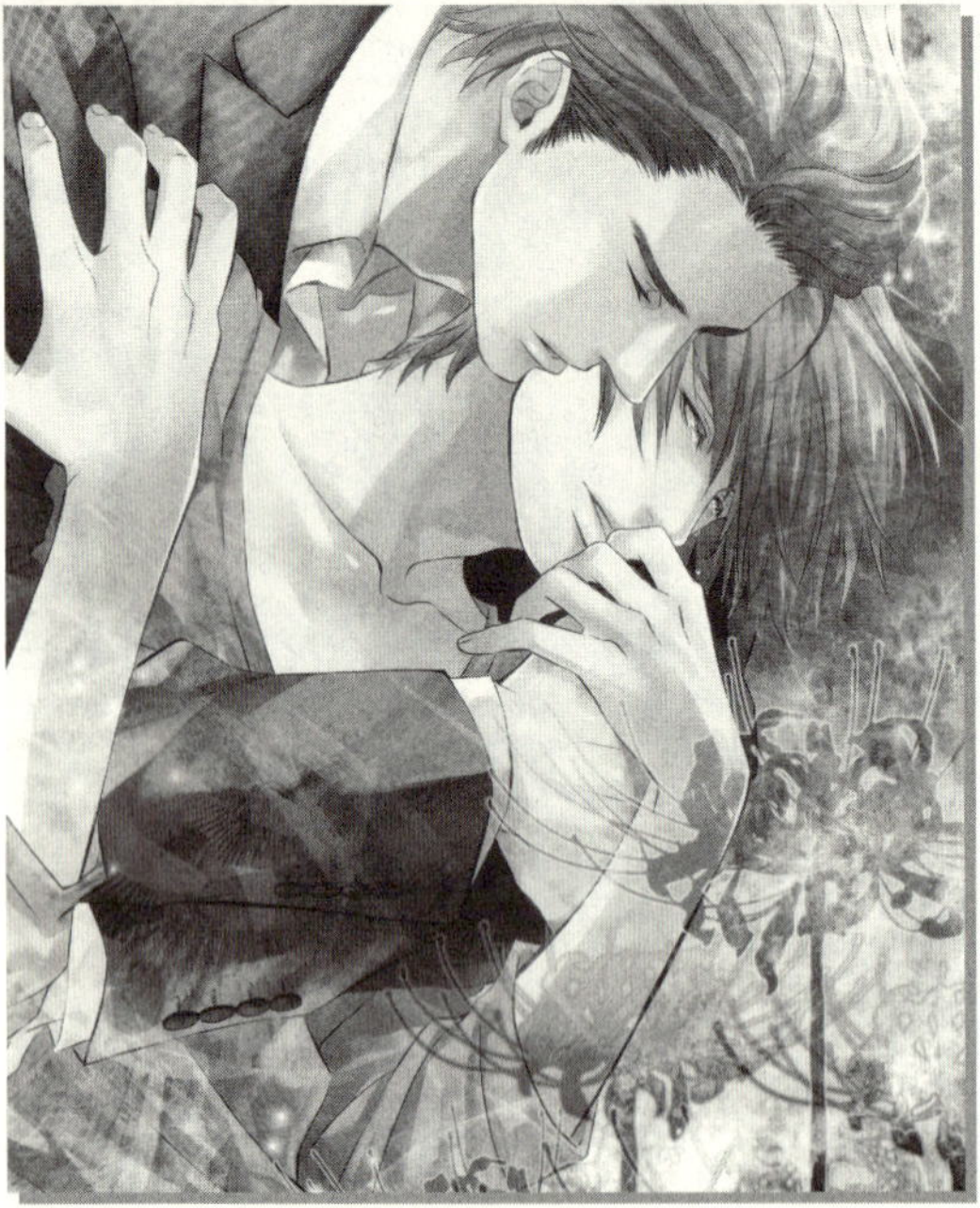

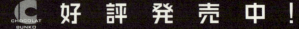